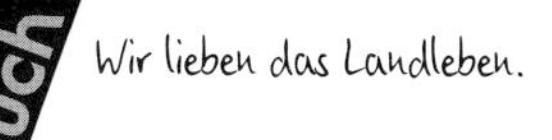

2084
Schönes, neues Landleben

20 visionäre Kurzgeschichten

Inhaltsverzeichnis

Herzlichen Dank den Mitgliedern der Jury für eine sehr kooperative Zusammenarbeit.

Vorwort

Die Geschichte der Menschheit war immer auch geprägt von krisenhaften Ereignissen. Derzeit scheinen die Nachrichten, die uns täglich über die verschiedenen Medien erreichen, besonders intensiv in Verbindung mit Krisen und Katastrophen zu stehen: Internationale Geld- und Verschuldungsprobleme, globale Umwelt- und Klimakatastrophen, individuelle, menschliche Krisen.

Wo werden wir als Erdbevölkerung am Ende des 21. Jahrhunderts stehen? Niemand weiß darauf auch nur eine einigermaßen exakte Antwort. Es bleibt somit viel Raum für phantasievolle Reaktionen und Geschichten. Dies gilt im Grunde für alle Lebensbereiche.

Hier setzt die nach 2007 und 2009 dritte Ausschreibung zur Teilnahme am Jugendliteraturpreis der deutschen Landwirtschaft an. „2084 – Schönes, neues Landleben" so lautete das herausfordernde Thema für die einzureichenden Kurzgeschichten. Als Kontrast zu den düsteren Visionen „1984" von George Orwell war die Aufgabe bewusst positiv ausgerichtet.

Insgesamt wurden rund 130 Kurzgeschichten eingereicht, von „Profis" ebenso wie von schreibbegeisterten Laien, von Jugendlichen und Erwachsenen. Entsprechend groß ist die Vielfalt der Vorstellungswelten, die zu Papier gebracht wurden. Die Bandbreite entspricht den zahlreichen Herausforderungen, vor denen die kommenden Generationen voraussichtlich stehen, so vor allem eine ausreichende Erzeugung von Nahrungsmitteln für immer mehr Menschen zu sichern, eine stetige Verknappung der natürlichen Ressourcen aufzufangen, die Folgen von Klimaveränderungen für Menschen, Tiere, Pflanzen zu beherrschen.

Neben den drei preisgekrönten werden mit diesem Sammelband weitere ausgewählte Geschichten veröffentlicht. So kommen Landwirtschaft und ländlicher Raum nicht nur fakten- und facettenreich in der Fachliteratur vor, wenn es also darum geht, zu vermitteln, wie man erfolgreich Ackerbau und Viehzucht betreibt. Die „grünen" Berufe und das ländliche Umfeld können mit den veröffentlichten Kurzgeschichten ein weiteres Mal auch als interessanter, anregender Teil der „Gesamtheit des Geschriebenen" sowie der gesellschaftlichen Realität wahrgenommen werden.

Viel Spaß beim Lesen wünscht

H. Schlagheck

Prof. Hermann Schlagheck
Juryvorsitzender

Die große Liebe

Annette Amrhein

Ich bin mir sicher, dass es mich beobachtet. Dabei bin ich gut versteckt hinter der Holzwand. Ich kann es sehen, durch die schmalen Lücken zwischen den Brettern, aber mich sieht es bestimmt nicht. Denn ich bin im Dunklen, und das Huhn ist im Licht. Trotzdem hab ich immerzu das Gefühl, dass es mich beobachtet. Wie macht es das? Ich schleiche auf allen vieren vorwärts, drücke mich schnell durch die Tür raus und renne. Das Huhn verfolgt mich, aber ich bin schneller.

Als ich die Haustür hinter mir zuschlage, atme ich auf.

„Mir sind diese hochgezüchteten Hühner unheimlich", sage ich zu meiner Mutter.

„Mir auch", sagt sie nur, hebt aber nicht mal den Blick vom Computer. Man wollte die Ungleichheit zwischen Mensch und Tier beseitigen und hat den Hühnern irgendein Menschen-Gen eingepflanzt, das sie intelligenter macht. Jetzt sparen wir eine Menge Arbeit, weil die Hühner viele Dinge selber tun. Wir halten natürlich keine Hühner mehr in Großställen, das gibt es seit langer Zeit nicht mehr. Es gibt Kleinställe, wie Bungalows. Darin schaltet ein Huhn morgens die Fütterautomatik ein. Ist das Trinkwasser verschmutzt, erkennen die Hühner das selbst und picken auf einen Schalter, der die Tröge auskippt und automatisch neues Wasser nachlaufen lässt. Sie sind einfach richtig schlau. Mir sind sie zu schlau. Ich könnte ja auch denken, das Huhn folgt mir überallhin, weil es anhänglich ist. Aber mir scheint, es führt etwas im Schilde.

Meine Mutter klappt den Computer zu. „Ich fahr zu Papa ins Krankenhaus", sagt sie. „Bin in drei Stunden wieder da. Kannst du noch die Lieferscheine für die Eier ausdrucken, Kai?"

„Gebongt", sage ich.

„Der Brutschrank ist seit gestern wieder an", murmelt sie. „Schau mal, ob er läuft, wie er soll."

Sie kämmt sich vorm Spiegel, zieht die Lippen mit einem fast braunen Rot nach und winkt mir noch einmal zu, bevor sie geht. Sie versucht, locker zu wirken. Aber man ist nicht locker, wenn der Hofherr zu einer großen Hüftoperation ins Krankenhaus geht. Es gibt zu viel Arbeit, wenn er weg ist. Man hätte die Operation im Winter machen müssen, aber es gibt Wartelisten. Papa hatte keine Wahl.

Ich stelle den Drucker schon mal an. Meine Mutter verlässt sich auf mich, und die Lieferscheine sind wichtig. Seit es so wenige Kinder gibt, müssen wir mehr Verantwortung übernehmen. Wir machen alle den Schulabschluss schon mit fünfzehn, auch Gymnasiasten, und Bauernkinder helfen sowieso noch mehr, als sie es schon immer getan haben. Wir dürfen auch alle mit zwölf schon Moped und Traktor fahren, und wählen dürfen wir mit vierzehn. Wir dürfen alles früher, weil es so wenige von uns gibt. Ich habe auch nichts dagegen, dass ich so viel darf. Traktorfahren ist besonders cool. Inkpens, die einen Hof weiter wohnen, haben den neuen Saturnius3000, den wir zur Ernte ausborgen, und der ist einfach klasse! Man gibt die Feldkoordinaten in den Bordcomputer, und dann fährt er genau in dem vorgegebenen Bereich, selbsttätig. Er hat einen Wärmesensor, der Tiere und Menschen wahrnimmt und einen Nothalt auslöst, wenn es sein muss. Das Korn löst sich durch GRIPPS-Wellen, eine Art neuer Ultraschall, der mechanisches Dreschen überflüssig macht. Vor allem sieht das Ding aber aus wie ein Raumschiff, und man fühlt sich grandios darin. Es ist absolut leise. Ich sitze nur für Notfälle im Cockpit und spiele da auf meinem Windengo. Wenn etwas ist, schreie ich, denn der Saturnius reagiert auf Sprache. Tja, von solchen Dingen versteht das Huhn nichts. Es sitzt draußen vor der Scheibe und starrt mich an. Ich wende mich ab, starte den Druck und seh' auf die Uhr. Rieke kommt gleich, wir sind verabredet. Sie ist meine große Liebe. Das klingt vielleicht übertrieben für einen Jungen in meinem Alter, aber es ist eben so. Ich werde zur Einfahrt laufen und Rieke gleich in den Arm nehmen. Es ist eine gute Gelegenheit für uns, allein zu sein.

Die Wolken sehen aus wie von einem Kamm zerrissen. Weiße Strähnen treiben waagerecht über mir. Schönwetterwolken. Ich könnte mit Rieke im Gras liegen. Wenn ich mich nicht von dem blöden Huhn so beobachtet fühlen würde. Ich kann das keinem erzählen. Hört sich verrückt an. Plötzlich liegen die Wolken nicht mehr waagerecht am Himmel, sie drehen sich abrupt. Weil ich mit dem Fuß in ein Loch getreten bin. Ich jaule auf vor Schmerz. Der Knöchel ist verknackst, ich bin so sehr umgeknickt, dass mir übel wird. Ein Gefühl wie eine Faust im Magen. Ich schaue mir das Loch an, in das ich getreten bin. Seltsam, das war heute Morgen noch nicht da. Zertretene Zweige liegen darin. Die muss jemand über das Loch gelegt haben, wie bei einer Falle. Zufall? Kinder sind hier keine mehr, die solche Streiche machen.

Ich schleppe mich zum Haus zurück, hüpfe auf dem gesunden Bein und jammere dabei. Das Huhn begleitet mich. Es gackert aufgeregt. Natürlich begreift es viel mehr als die Hühner in früheren Zeiten. Meine Uroma hat immer über Hühner gewitzelt, dass sie so unintelligent wären, aber das ist vorbei.

Ich schließe schnell die Tür, bevor das Huhn mit ins Haus flattert. Ich will es jetzt wirklich nicht um mich haben. Mache mir Wasser und Eiswürfel in eine Schüssel. Suche, auf einem Bein hüpfend, nach einem Tuch. Endlich hab ich einen kalten Umschlag auf dem Knöchel und liege auf der Küchenbank. Da geht die Tür auf, und das Huhn kommt herein. Es kann Klinken betätigen? Mich wundert gar nichts mehr. Es flattert zu mir auf die Küchenbank und pickt an meinem Arm. Aufgeregt. Aufgelöst. Empfindet das Huhn Mitleid? Es kommt mir näher. Seine Augen sehen groß aus. Hat es lange Wimpern? Sein Schnabel hat eine merkwürdige Farbe. Braunrot. Ich hopse auf einem Bein zum Spiegel, an dem sich meine Mutter vorhin geschminkt hat. Der Lippenstift liegt am Boden und sieht zerhackt aus. Verstohlen beobachte ich das Huhn, das noch auf der Küchenbank kauert und mich anstarrt. Dann probiere ich, es direkt anzusehen. Es senkt verschämt den Blick.

Ich wollte doch Rieke begrüßen. Wir haben uns schon ein Mal geküsst. Hach, es ist toll, an der Ecke zu stehen und zu sehen, wie sie langsam auf ihrem Moped näher kommt. Sie hat immer ein Tuch um den Hals, das im Fahrtwind flattert, und rote Haare, die der Wind ihr aus der Stirn pustet. Das Huhn hebt den Kopf und klappert mit den Lidern. Dann guckt es verschlagen und geht zur Tür, tut da hilflos, als wüsste es nicht, wie man sie öffnet. Es will wieder raus? Na gut. Ich drücke die Klinke runter, und das Huhn spaziert eilig davon. Aber es führt etwas im Schilde. Ich versuche, mit dem kranken Fuß aufzutreten. Es geht, ich muss nur die Zähne zusammenbeißen. Das Huhn tapst den Hofweg hinunter, das ist seltsam. Wo will es hin? Ich folge ihm mühsam. Genau an der Stelle, wo ich mir den Fuß verknackst habe, scharrt es das Loch tiefer, das heute Morgen noch nicht da war. Dann schleppt es mit dem Schnabel Zweige herbei und deckt das Loch damit ab. Na, das ist ja interessant!

Dieses Huhn klebt seit Wochen an mir. War es nicht neulich in der Küche, als da ein Film über Afrika lief, über Fallensteller? Diese Hühner lernen offenbar schnell. Was mache ich denn jetzt? Ich weiß, dass dieses Huhn gerne Fleisch frisst. Irgendwie komme ich ins Haus zurück und schnappe mir den Bratenrest von gestern. Dann rufe ich das Huhn.

„Putt, putt, putt!“, einen Namen hat das Huhn ja nicht. Es kommt tatsächlich. Gierig pickt es auf den Fleischrest ein, da packe ich es und trage es ins Haus. Auf dem Boden haben wir einen alten Vogelkäfig, da stopfe ich das Huhn hinein. Wütend wirft es sich gegen die Streben.

„Ich hole dich wieder raus, dauert nicht lange. Okay?“

Das Huhn dreht mir den Rücken zu und schmollt.

Ich schaffe es gerade noch rechtzeitig, an die Ecke zu kommen, da sehe ich Rieke auf ihrem Moped. Jeden Tag könnte ich dabei zusehen, wie Rieke scheinbar größer wird, näher kommt, lächelt. Ihre Hände sind immer ein bisschen rau, auch heute, sie hat geholfen, Radieschen abzupacken, sagt sie. Wir umarmen uns, und Rieke drückt mir einen Kuss auf die Wange. Das ist auch schön, aber der Kuss neulich war noch besser. Ich warne sie vor der Falle und erzähle ihr von dem Huhn.

„Ich weiß nicht, warum es das gemacht hat", sage ich. „Aber es gefällt mir nicht. Was hat es vor?"

Rieke lacht. „Das Huhn ist in dich verliebt. Klingt bescheuert. Aber deswegen kann es mich nicht leiden. Das ist mir schon lange aufgefallen. Die Falle war natürlich für mich."

Ich tippe mir an die Stirn. „Ein Huhn verliebt sich nicht in einen Menschen."

Rieke kichert. „Mein Uropa hat erzählt, dass es früher einen Schwan gab, der in einen blauen Traktor verliebt war. Er ist ihm überallhin gefolgt und wich ihm nicht von der Seite. Das ist schon viele Jahre her. Kann doch sein, dass das Huhn dich liebt. Du fütterst es und lässt es in die Wohnung. Neulich hat es in deinem Zimmer gesessen!"

Das stimmt. Ich habe es auf meinem Bett ertappt. Dabei weiß ich genau, dass man Tiere nicht ins Bett lassen soll. Schon gar keine Hunde, sonst nehmen sie einen nicht mehr ernst. Aber bei Hühnern, dachte ich, wäre es nicht so schlimm.

„Kann auch sein, es liegt an dieser Hühnersorte", sage ich. „Ich mag diese Hühner nicht. Da fällt mir ein, dass wir schon wieder welche davon nachzüchten, in den Brutschränken."

Wir gehen in den Anbau, wo die Brutschränke stehen. Früher kaufte man seine Küken auswärts, aber wegen der vielen Seuchen, die sich in letzter Zeit vermehren, züchten viele Leute ihre Hühner lieber selbst. Da kommt keine Krankheit von außerhalb auf den Hof. Man braucht nur mal einen neuen Hahn. Wärme dringt durch das Glas, und ich sehe, wie die Eier ganz langsam gedreht werden unter der Wärmelampe.

„In Bergstedt gibt es eine Frau, die noch ganz normale Hühner hat, die alten Rassen, du weißt schon", sagt Rieke. „Leghorn und Italiener. Ein paar Araucana kriegt man da auch noch." Als Rieke das sagt, kriegt sie einen verträumten Blick. Sie liebt Araucana-Hühner, seit sie in einer Ausgabe von „Der Landwirt" einen Artikel über die Rasse gelesen hat. Sie legen blassgrüne Eier, und Rieke liebt Grün. Grün passt gut zu Frauen mit roten Haaren. Ich habe Rieke eine Kette mit einem Malachitstein geschenkt. So etwas schenkt man seiner großen Liebe, oder?

„Ob wir meine Eltern überreden können, wieder normale Hühner zu haben?", grüble ich. „Seit es die EU nicht mehr gibt, kann man wieder jede Hühnerrasse haben, die man will. Diese ganze Gleichmacherei war sowieso eine Verirrung. In den letzten zehn Jahren gab es nur noch braune Eier! Die Leute haben zu Ostern so viele Protestbriefe geschrieben, dass in Brüssel alle Postfächer verstopft waren. Ich bin so froh, dass dieser Zirkus vorbei ist. Wobei es um manche Subvention etwas schade ist."

„Wenn deine Eltern diese Hühner behalten wollen, könnten wir die Eier heimlich austauschen", sagt Rieke. „Aber dann müssten wir neue Eier bezahlen. Und was machen wir mit diesen Küken, wenn sie ausschlüpfen?"

„Der Brutschrank ist erst seit gestern an", sage ich. „Da ist noch nichts drin. Wir stellen ihn einfach ab. Und dann rufen wir die Frau in Bergstedt an und bestellen Leghorn, Italiener und Araucanas. Was meinst du?"

Rieke nickt. „Ich finde dein verliebtes Huhn auch unheimlich", sagt sie. Sie drückt auf den Schalter des ersten Brutschranks, und das Licht erlischt.

„Aber was mach ich mit dem verliebten Huhn?", grüble ich. „Es stellt Fallen. Also das finde ich bedenklich."

Rieke denkt nach. „Ich fand ja schon immer, dass Jan dir ein bisschen ähnelt. Wir bringen das Huhn zu ihm. Ich wette, es wird sich augenblicklich in ihn verlieben. Er trainiert auch noch viel und hat Muckis."

Ich schaue kurz auf meine Oberarme und überlege, was mir Rieke damit sagen will. Jan Inkpen sieht wirklich gut aus, und seine Eltern haben viel Geld.

Ich kann darüber nachgrübeln, während wir zurück ins Haus gehen, auf den Dachboden, um das Huhn zu holen. Bloß ist der Vogelkäfig leer! Jetzt kann es schon einen Käfig von innen öffnen!

„Wo ist es hin?", frage ich. Rieke schaut nach oben. Das Huhn sitzt auf einem Balken und guckt auf uns runter. Rieke holt einen Besen. Wir jagen das Huhn vom Balken, Rieke fängt es und drückt es mir in den Arm. Wir sperren es in den Käfig zurück und hängen dieses Mal ein Vorhängeschloss davor.

Es fährt sich nicht so gut auf dem Moped, hinten drauf mit dem Vogelkäfig im Arm. Das Huhn schaut mich vorwurfsvoll an und zittert vor Angst. Bloß nicht hinsehen! Sonst kriege ich Mitleid.

Jan hat zum Glück nichts dagegen, ein Huhn aufzunehmen. „Meinen Eltern wird das egal sein."

„Bei uns hackt es sich mit einem anderen Huhn, wir wollen es loswerden."

Jetzt kommt der große Moment. Wird das Huhn sich in Jan verlieben? Wir öffnen den Käfig, setzen das Tier auf den Boden und warten mal ab. Es guckt Jan leider nicht einmal an. Es starrt zum neuesten Kartoffelroder, einem Vollernter, der garantiert keine einzige Kartoffel im Boden zurücklässt. Es soll Jan angucken! Aber nein, nun entdeckt es den Saturnius3000, den raumschiffartigen, orange-weißen mit schmutzabweisender Oberfläche. Es starrt ihn an. Und starrt. Und dann ist es um das Huhn geschehen. Es schreitet wie von Magneten gezogen zum Saturnius. Läuft um ihn herum. Wieder und wieder. Ein Trabant, der seinen Planeten umkreist. Es bleibt stehen, stupst mit dem Schnabel scheinbar jeden Zentimeter an.

„Das Huhn weiß, was gut ist", meint Jan. Er grinst, dann geht er zum Mähdrescher, steigt ein und fährt langsam im Kreis. Das Huhn folgt dem Drescher. Rieke grinst. „Es scheint seine große Liebe gefunden zu haben. Wie der Schwan."

„Ich bin es los", sage ich aufseufzend. „Lass uns abhauen. Wir könnten eine Stunde für uns haben."

So sitze ich hinter Rieke auf dem Moped und halte sie mit dem linken Arm umschlungen. Im rechten muss ich leider den blöden Vogelkäfig festhalten. Aber gleich werden wir zu Hause allein sein. Nur einmal wende ich noch den Kopf und sehe den weißen Punkt hinterm Drescher. Dann schau ich wieder nach vorn, der nächsten Stunde entgegen. Kurz fürchte ich weitere Fallen des Huhns, schüttele den Gedanken aber schnell ab. Rieke und ich, wir werden mit allem fertig werden.

Alarm in Sektion QW3.1

H. G. Beerbacher

Es war früh am Morgen, als Lilly-Herja zum Farm-Komplex aufbrach. Wie alle Schülerinnen und Schüler der elften Jahrgangsstufe absolvierte auch sie ein vierwöchiges Praktikum, das ihr Einblicke in einen möglichen Beruf vermitteln sollte. Nach einigem Überlegen hatte sie sich für die Tätigkeit der Agraringeneurin entschieden, obwohl ihr ihre Eltern dieses Studium nicht würden finanzieren können. Das Studium des Agraringenieurwesens war teuer, und nur wenige konnten die Mittel dafür aufbringen. Dennoch fuhr sie bereits seit zwei Wochen zu den fünf gewaltigen Wolkenkratzern, die den Farm-Komplex bildeten, und lernte, wie im Jahr 2084 Getreide angebaut wurde.

Lilly-Herja wohnte mit ihren Eltern in einer der zahlreichen Vorortsiedlungen der Stadt. Jenseits der Vororte begann das Wilde Land, in dem kaum jemand lebte. Im Zuge der fortgesetzten Landflucht der vergangenen Jahrzehnte waren immer mehr Menschen in die wenigen großen Städte und deren unmittelbares Umfeld gezogen. Die kleineren Ortschaften waren zusehends verwaist und glichen immer häufiger Geisterstädten, in denen nur die Älteren zurückblieben. Ihre Großeltern gehörten dazu, die draußen noch einen kleinen Bauernhof führten. Gelegentlich besuchte Lilly-Herja sie gemeinsam mit ihren Eltern. Die Fahrten über Land offenbarten ihr dann jedes Mal den Wandel, dem die jahrtausendealten Kulturlandschaften unterlagen, ohne dass sie es je anders gekannt hätte. Dichte Wälder und mehr und mehr überwuchernde Wiesen wechselten sich beständig ab. Es war nur eine Frage der Zeit, bis der Wald auch sie vereinnahmt haben würde. Lilly-Herja betrachtete diese Rückentwicklung mit nicht geringer Freude, denn sie mochte die Wälder. Wenn sie in den Ferien für einige Wochen bei ihren Großeltern zu Gast war, liebte sie es, die dunklen, geheimnisvollen Haine aufzusuchen. Dann träumte sie sich zurück in die Zeit, bevor das Land den Menschen unterworfen war, als sie noch gezwungen waren, im Einklang mit der Natur zu leben. Hart war es bestimmt gewesen, und entbehrungsreich. Selbst ihre Großeltern, immerhin im Besitz zahlreicher landwirtschaftlicher Maschinen, waren an schwere Arbeit gewohnt: die Vorbereitung der Äcker, die Aussaat, schließlich die Ernte, bei der sie sogar einige Male helfen durfte – das alles war ermüdende Arbeit, die in die Knochen ging. Wie viel einfacher war da die Agrartätigkeit heute, und wie gerne wäre sie dort Ingenieurin geworden. Doch dazu würde es wohl, des teuren Studiums wegen, nicht kommen.

Nachdem Lilly-Herja in den E-Bus eingestiegen war, fuhr dieser auf die Schnellstraße, die als riesiger zehnspuriger Ring auf Stelzen das städtische Zentrum umschloss. Einem gewaltigen Gebirge aus Stahl, Beton und Glas gleich erhoben sich die zahllosen Türme vor dem Horizont, kaum einer niedriger als fünfhundert Meter. Straßen zogen sich auf mehreren Ebenen durch die Schluchten der Hochhäuser, in deren tiefere Lagen kaum ein Sonnenstrahl langte. Express-Routen, die wichtige Gebäude miteinander verbanden, waren besonderen Nutzungen vorbehalten.

An der Zentralstation stieg Lilly-Herja in einen Bus um, der sie auf direktem Weg zum Farm-Komplex brachte. Sie freute sich auf diesen neuen Tag, den sie mit ihrer Tutorin Julia-Ennlin verbringen konnte. Obwohl sie ein Altersunterschied von zehn Jahren trennte, hatten sie sich vom ersten Tag an wunderbar verstanden. Julia-Ennlin war seit vier Jahren beim Konzern als Agraringeneurin angestellt und hatte sich zwischen Studium und Berufseinstieg ein Jahr Auszeit gegönnt. Sie entstammte einer reichen Familie und konnte sich das leisten. Dennoch hatte sie dieses Jahr nicht im Urlaub verbracht, sondern auf einem traditionellen Bauernhof. Es hätte sie, wie sie später Lilly-Herja erzählte, nach „Erdung“ verlangt. Als zu theoretisch abgehoben hatte sie ihr Studium erlebt, und sie war froh gewesen, ihre Hände einmal in echte Ackerkrume tauchen zu können. Und echte Ackerkrume war das Letzte, was es in dem riesigen Agrar-Komplex gab. Je zwei seiner insgesamt fünf Gebäude dienten der Nutztierzucht und dem Feldfruchtanbau, der fünfte Turm barg die Verarbeitung der Rohstoffe und die Konzernverwaltung.

Lilly-Herja stieg am Haupttor der Feldfrucht-Zwei aus dem E-Bus, wies sich als Praktikantin aus und wurde eingelassen. Sie begab sich auf dem direkten Weg in das kleine Büro im 52. Stockwerk, in dem Julia-Ennlin bereits mit einer Kanne frischen Tees auf sie wartete. Routiniert überflog sie währenddessen die Nährstoffstatistiken der letzten Nacht.

„N. h.o", begrüßte Lilly-Herja fröhlich die Wartende.

„N. h.o", antwortete diese mit einem Lachen. „Hier, probier mal. Neue Sorte aus der 84. Etage." Der Duft des Tees hatte den kleinen Raum mit einer Wolke sanfter Aromen gefüllt. Lilly-Herja bemerkte neben einer starken Assam-Orangen-Note einen Hauch Pfeffer. Sie goss sich eine Tasse ein und kostete. Der strenge Geschmack ließ sie ihr Gesicht verziehen, doch nur einen Moment später entfaltete sich eine wundervolle Frische auf ihrer Zunge. Als sich ihre Gesichtszüge wieder entspannten, lachte Julia-Ennlin noch einmal auf.

„Die Minze ist eingekapselt und entfaltet sich erst in Wechselwirkung mit Speichelproteinen. Ein netter Effekt, findest du nicht?"

Lilly-Herja fand das auch. „Was steht heute an?", erkundigte sie sich, nachdem sie ihre Tasse geleert und erneut gefüllt hatte.

„Ich zeige dir das Saatgutlager. Dort prüfen wir die Klimabedingungen. Das wird uns bis zum Mittagessen beschäftigen. Aber vorher gehen wir noch einmal durch die Produktion."

Die beiden jungen Frauen genossen noch einen Augenblick ihren Tee, dann brachen sie auf. Mit dem Personenaufzug wechselten sie die Etage, und als die Tür sich wieder öffnete, blickten sie in eine Halle, an deren beeindruckende Ausmaße sich Lilly-Herja noch immer nicht gewöhnt hatte. Auf der Fläche von vier Hektar wurde hier Weizen angebaut. Breite Förderbänder transportierten auf zwei übereinanderliegenden Ebenen die andernorts gezogenen Setzlinge von dem einen Ende der Halle zu Erntemaschinen am anderen Ende. Der Weizen durchlief wortwörtlich seinen Lebenszyklus, mit optimiertem Licht und Nährstoffangebot für die jeweilige Wachstumsphase. Durch die wissenschaftlich-technische Perfektionierung des Getreideanbaus waren in den letzten einhundert Jahren enorme Ertragssteigerungen pro Hektar erzielt worden: der gentechnisch erzeugte schnell reifende Zwergweizen erlaubte eine höhere Fließbandgeschwindigkeit und brachte auf diese Weise die Menge von drei Jahresernten ein, bei einem Ertrag von ungefähr 36 Tonnen je Hektar. Allein diese Halle erzeugte pro Jahr mehr als 850 Tonnen Weizen. Stünde das gesamte Gebäude mit seinen 120 Agrar-Etagen für den Weizenanbau zur Verfügung, würde diese Farm rund 100.000 Tonnen produzieren. Dies war nur deswegen nicht der Fall, weil die Hälfte der Fläche dem Anbau anderer Feldfrüchte vorbehalten war.

Der Nutzen dieser Art des Anbaus war immens, wie Lilly-Herja von ihrer Tutorin erfahren hatte: die kürzeren Transportwege zur Weiterverarbeitung und Auslieferung sorgten für frischere Ware und reduzierten die Luftverschmutzung aufgrund geringeren Transportaufkommens. Die Landschaft wurde nicht mehr durch weitflächigen Ackerbau in Mitleidenschaft gezogen, die Gewässer nicht mehr mit Düngemitteln belastet. Nicht zuletzt war man nicht mehr der Willkür des Wetters ausgesetzt; klimabedingte Ernteausfälle gehörten der Vergangenheit an. Und schließlich wirkte sich die Renaturierung der Landschaften ausgesprochen vorteilhaft auf die CO2-Bilanz aus; die Vergrößerung der Waldflächen trug zur Verbesserung des weltweiten Klimas bei.

Sie durchschritten die Halle, während Julia-Ennlin stichprobenartig die Nährstoffmodule an den verschiedenen Förderbandabschnitten kontrollierte. Alles war im grünen Bereich. Am gegenüberliegenden Hallenende bestiegen sie einen weiteren Personenaufzug und wechselten erneut die Etage. Wie die übrigen Ebenen des Gebäudes maß auch deren Grundfläche vier Hektar, war aber in einzelne Abteilungen unterteilt, in denen das Saatgut nach Sorten getrennt und unter sorgfältig überwachten Klimabedingungen gelagert wurde.

Ein langer Gang erstreckte sich vor ihnen, an dessen Seiten Türen zu den Lagerabteilen führten. Gelegentlich kreuzte er einen weiteren Gang. Julia-Ennlin öffnete eine der Türen und bat Lilly-Herja herein.

„Hier, fühl auch mal", sagte sie, als sie ihre Hand in einen der nach oben offenen Saatgutbehälter gesteckt hatte.

Lilly-Herja tat es ihrer Freundin gleich. Die Körner waren ziemlich kühl und trocken.

„5 °C", erklärte Julia-Ennlin. „Damit ist das Saatgut länger lagerfähig, und dem Wachstum von Mikroorganismen wird vorgebeugt. Wenn es keine Probleme gibt, wird der Inhalt dieses Abteils in drei Monaten voll erneuert." Sie führte eine Handvoll Saat an die Nase und roch daran. „Herrlicher Duft. Mit diesem Saatgut ist alles in bester Ordnung."

Sie gingen weiter. Immer wieder öffnete Julia-Ennlin eine der Türen und wiederholte die Prozedur. An der Kreuzung zweier Gänge wollte Lilly-Herja gerade nach rechts abbiegen, als sie von Julia-Ennlin zurückgehalten wurde.

„Da brauchen wir nicht langzugehen. Das ist die Sektion QW3.1 mit Samen für Qualitätsweizen, der besonders sensibel ist. Die Türen dürfen nicht geöffnet werden."

„Ich schaue nur mal durch die Fenster, okay?", fragte Lilly-Herja.

„Okay, ich geh' schon mal weiter."

Lilly-Herja ging einige Schritte den Gang entlang. Die Anzeigen neben den Türen, auf denen alle Klimadaten dargestellt wurden, zeigten grüne Werte. Lilly-Herja betrachtete sie einen Moment, doch sie verstand nur einen kleinen Teil dieser Zahlen. Danach versuchte sie, einen Blick durch die Scheibe in der Tür zu werfen, doch zu ihrer Überraschung war sie beschlagen. Anscheinend bedurfte das Saatgut einer hohen Luftfeuchtigkeit. Sie entschied sich, zu ihrer Freundin zurückzukehren. Noch einmal ließ sie ihren Blick über die Anzeige mit den vielen grünen Werten schweifen. Luftfeuchtigkeit 10 %. Seltsam.

„Sag mal", erkundigte sie sich bei Julia-Ennlin, „wieso ist denn die Scheibe bei dem Qualitätsweizensamen beschlagen?"

Julia-Ennlin hielt inne. „Beschlagen? Die dürfen nicht beschlagen sein!"

Sofort eilte sie in die Sektion, aus der Lilly-Herja gerade gekommen war.

„Tatsächlich", murmelte sie. Julia-Ennlin prüfte die Werte auf der Anzeige, doch die waren alle in Ordnung. Allerdings waren unter diesen Umständen beschlagene Scheiben unmöglich. Sie gab den Code zur Türöffnung ein. Als sich diese zischend öffnete, wurde den beiden die Katastrophe offenbar. Im gesamten Lager tropfte kochend heißes Wasser von der Decke, weite Teile des Saatguts waren komplett durchnässt. Julia-Ennlin zögerte keine Sekunde und löste Alarm aus. Über ihren Kommunikator meldete sie die Details des Vorfalls an die Zentrale. Dann schloss sie wieder die Tür, denn das Wasser hatte begonnen, in den Gang zu fließen. Wenige Minuten darauf traf der Chef vom Dienst in Begleitung einiger weiterer Mitarbeiter bei ihnen ein, und Julia-Ennlin informierte sie über die Situation. Der Erste Prozesskoordinator war in seinem Urlaub informiert worden und war schon auf dem Weg zum Farm-Komplex. Nur er konnte über weitere Schritte entscheiden.

„Können wir nicht erst mal das Wasser abstellen?", erkundigte sich Lilly-Herja leise bei Julia-Ennlin.

„Das würde die gesamte Produktion zum Erliegen bringen. Das geht nicht."

„Dann vielleicht wenigstens das Wasser in den höheren Etagen?"

„Ja, das wäre bestimmt möglich. Aber entscheiden muss das der Erste Prozesskoordinator."

Zwei Stunden später war dieser eingetroffen, doch solch hochstehende Mitarbeiter bekamen Lilly-Herja und Julia-Ennlin freilich nicht zu Gesicht. Dennoch war eine weitere Stunde darauf das Wassersystem der Etagen über dem Saatgutlager deaktiviert.

In den folgenden Tagen war nichts mehr wie zuvor. Überall herrschte hektische Betriebsamkeit, alle Systeme wurden überprüft. Das Prozesssystem hatte im entscheidenden Moment versagt, der Schaden ging in die Billionen. Zu Beginn der letzten Woche von Lilly-Herjas Praktikum lagen erste Ergebnisse vor, wie ihr Julia-Ennlin berichtete. Allem Anschein nach war das zentrale Prozesssystem durch einen von außen eingeschleusten Schad-Code manipuliert worden. Dieser verstand es, eine softwaretechnische Schwachstelle des Systems auszunutzen: Multiples Ventilversagen im Wassersystem war als Defekt nicht vorgesehen gewesen. Letztlich war lediglich die Verzehnfachung eines einzigen kritischen Grenzwerts, der den Wasserdruck nach oben regulierte, erforderlich gewesen, die Ventile zu überlasten und so die Ventile des Heißwassers zum Platzen zu bringen.

„Wer könnte dafür verantwortlich sein?", erkundigte sich Lilly-Herja. „War das ein Angriff auf unsere nationale Agrarproduktion?"

„Wen interessieren denn heute noch nationale Grenzen?", antwortete Julia-Ennlin. „Ich vermute eher, dass es ein Konkurrenzkonzern war. Vielleicht Ferrlé. Vielleicht auch G,P&T. Ich kann es dir nicht sagen. Aber das ist eine Sache. Eine andere ist dieser Brief des Ersten Prozesskoordinators für dich."

Lilly-Herja spürte, wie mit einem Mal ihr Herz schneller schlug. Sie öffnete das Schreiben, das einen Dankesbrief enthielt, der mit freundlichen Worten Lilly-Herjas Aufmerksamkeit würdigte. Dem Brief war ein weiteres Schreiben beigefügt. Als sie die Zeilen überflog, wurde ihr für einen kurzen Moment schwindelig. Dann las sie erneut und konnte es kaum fassen: Es war die Zusage für ein Stipendium im Fach Agraringenieurwesen.

Mücke und der Möhrendieb

Sabrina Blume

Mücke lag auf der Lauer. Es war bereits halb sechs Uhr in der Früh, und am Horizont zeigte sich eine goldfarben schimmernde Linie, die den nahenden Sonnenaufgang ankündigte. „Nicht mehr lange, und es wird hell", dachte Mücke enttäuscht. „Und der Schuft ist immer noch auf freiem Fuß." Sie seufzte leise, als sie sich vorsichtig auf den Po plumpsen ließ und die schmerzenden Beine ausstreckte. Mücke war groggy. Drei Nächte hintereinander hatte sie nun schon im Grünzeug gekauert und das Gewächshaus trotz bleierner Müdigkeit keine Sekunde lang aus den Augen gelassen. Mindestens fünfmal war ihr in den letzten vier Stunden der Fuß eingeschlafen, doch sie hatte dem drängenden Gefühl, aufzuspringen und sich wild zu schütteln, widerstanden. Um keinen Preis wollte Mücke riskieren, dass der Möhrendieb sie entdeckte, bevor es ihr gelungen war, ihn auf frischer Tat zu ertappen. Dann wären all die Mühen und der fehlende Schlaf umsonst gewesen. „Aber so macht es auch wenig Sinn", stellte Mücke fest. „Länger als eine Nacht halte ich diese Überwachungsaktion nicht mehr durch." Gestern Morgen war sie bereits im Geschichtsunterricht eingenickt und hatte sich damit beim engstirnigen Herrn Wenzel einen Klassenbucheintrag eingehandelt. Noch einmal durfte ihr das nicht passieren, sonst hätte das einen Brief an ihre Eltern und mit Sicherheit eine Woche „Alles-Verbot" zur Folge: Kein Internet, kein Handy, kein Fernseher, kein MP3-Player…, also ein Nein zu allen elektronischen Geräten, die Mücke nach Meinung ihrer Eltern die Nachtruhe rauben könnten.

„Wenn die wüssten, was mich wirklich vom Schlafen abhält", dachte Mücke. „Aber Papa hört mir ja nicht zu, der ist ständig beschäftigt. Muss ich etwa erst einen Artikel ins Clever Farming Wissenschaftsjournal setzen, damit er begreift, dass auf seinem Möhrenhof in den vergangenen zehn Tagen beinahe hundert der besten Möhren verschwunden sind? Fast hundert von genau denjenigen Exemplaren, die in den letzten Untersuchungen einen solch bahnbrechenden Vitamingehalt aufgewiesen hatten, dass ihre gesundheitsfördernde Wirkung einmalig sein könnte? Meine Güte, Papa, sei doch nicht so blind! Vielleicht solltest du mal mehr von deinen eigenen Möhren essen."

Mücke atmete tief aus und packte das kleine Nachtsichtgerät, das Pfefferspray und die restlichen Gummibärchen zurück in ihre Tasche. „Hasta la vista, Möhrendieb, ich krieg dich schon noch." Doch als sie sich aufrichtete, um sich auf den Rückweg zu machen, nahm sie plötzlich hinter sich ein leises Rascheln wahr. Mücke erstarrte. Es klang, als streife jemand mit seiner Kleidung das Grün der Möhren, während er sich langsam in ihre Richtung bewegte. Das Herz schlug Mücke bis zum Hals. Tagelang hatte sie auf diesen Moment gewartet, um dem Möhrendieb endlich das Handwerk zu legen, doch nun war es ein denkbar ungünstiger Augenblick: Sie stand ungeschützt – für jedermann sichtbar – auf einem der Fußwege des großes Treibhauses, das Pfefferspray befand sich bereits wieder in ihrer Tasche, und – Mücke gab es nur ungern zu – ihre Knie zitterten ganz schön heftig.

„Was nun?", dachte sie sorgenvoll.

Eine Antwort fiel ihr jedoch nicht mehr ein, denn auf einmal ging alles blitzschnell: Mücke spürte eine Berührung an ihrem Rücken, als hätte sie jemand unbeabsichtigt angerempelt, und fuhr herum. „Möhrendieb!", schrie sie, als sie den jungen Mann erblickte, der sie, ein Bündel junger Möhren in der Hand, erschrocken anstarrte. „Hab ich dich endlich!" Mücke holte aus und schleuderte dem Dieb mit aller Kraft ihre Tasche entgegen. „Nimm das, du Gauner! Du klaust hier Nacht für Nacht super-dreist unsere besten Möhren!"

„Was? Nein!", entgegnete der Fremde verdattert.

„Nein??" Mücke war außer sich. „Und was bitte schön hältst du da in der Hand? Sind das etwa Zitronen?"

„Ja. Nein. Ach Mann, ich kann das alles erklären!"

„Du brauchst mir gar nichts zu erklären! Ich habe genug gesehen!", konterte Mücke entschieden.

Doch ehe sie sich's versah, traf sie ein harter Schlag am Schlüsselbein, und sie fiel rücklings zu Boden. Der Möhrendieb landete neben ihr und hielt ihr mit einer Hand den Mund zu. Mücke versuchte zu schreien, doch alles, was sie zustande brachte, war ein klägliches „Hmmpf".

„Bitte, sei leise!", beschwor sie der Unbekannte flehentlich.

„Hmmmmpf!", machte Mücke erneut, während sie versuchte, sich aus der Umklammerung zu befreien.

„Bitte", wiederholte er. „Bitte. Sonst erwischt er uns. Da hinten ist er nämlich, der richtige Möhrendieb." Mücke sah den jungen Mann fassungslos an. Sollte sie ihm glauben? Einem Fremden vertrauen, der nachts unbefugt auf dem Hof ihres Vaters herumschlich und – schlimmer noch – dort sogar Möhren stibitzte? Gut, er hatte tatsächlich nur einige der zarten jungen Möhren gestohlen, die Wundermöhren waren unberührt. Außerdem blickte er sie mit seinen großen Augen inständig bittend an. Er sah ehrlich aus. Ehrlich verzweifelt.

„Ich nehme die Hand jetzt weg, ja?", flüsterte er. „Überzeug dich am besten selbst." Er deutete mit einem Kopfnicken Richtung Ausgang. „Schau."

Mücke folgte seinem Blick, und vor Erstaunen stand ihr der Mund offen, als sie eine schwarz vermummte Person entdeckte, die auf leisen Sohlen zur Tür schlich, eine Vakuumbox mit den Supermöhren fest im Griff. „Der kommt aus dem Labor", wisperte sie. „Ist das etwa dein Komplize?"

„Hey, nein! Wo denkst du hin?", antwortete der junge Mann neben ihr. „Du kannst mich doch nicht mit so einem Kriminellen in eine Schublade stecken!"

„Wie ist der bloß hier reingekommen?", wunderte sich Mücke. „Es wird doch alles videoüberwacht, und außerhalb der Arbeitszeiten öffnet sich die Tür nur für die engsten Vertrauten meines Vaters oder Familienangehörige. Und das sogar ausschließlich mittels Fingerabdruck. Das gibt's doch nicht!“ Mücke war aufgewühlt. „Wie bist du eigentlich hier hereinspaziert?“, fragte sie den jungen Mann spitz.

„Ich bin ihm gefolgt.“

„Aha, also doch ein Komplize.“

„Nein! Wirklich nicht.“

„Sicher?“, bohrte Mücke nach.

„Absolut sicher. Ich habe ihn beobachtet, draußen, von dem kleinen Hochsitz im Wäldchen aus. Er kommt alle drei bis vier Tage in der Früh. Und immer um die gleiche Zeit, gegen halb sechs Uhr morgens.“

„Was machst du denn morgens um halb sechs auf dem Hochsitz im Wäldchen? Eichhörnchen beobachten?“

„Ich schlafe da“, antwortete der Unbekannte. „Aber das ist eine andere Geschichte, die erzähle ich dir später.“ Er schaute sie ernst an. „Komm, wir müssen hinterher, sonst ist die Tür verschlossen, und wir hängen hier fest.“

„Quatsch“, sagte Mücke. „Wir kommen immer raus.“

„Wie bitte?“

„Klar.“ Mücke grinste und schnippte mit ihren Fingern. „Familienangehörige. Schon vergessen, was ich dir eben über den Fingerabdruck erzählt habe?“

„Nee.“

„Na also. Wie heißt du eigentlich? Das sagst du mir jetzt doch sicher, da du nicht mit dem Kriminellen in Schwarz unter einer Decke steckst.“

„Moritz. Aber alle nennen mich Mo.“

„Und ich bin Melanie. Aber alle sagen Mücke.“ Mücke schnitt eine Grimasse. „Frag jetzt nicht, warum, sonst frag ich dich nämlich noch mal, warum du bitte schön im Hochsitz schläfst.“

„Frag ruhig. Ich bin abgehauen.“ Mo kratzte sich verlegen am Hinterkopf. „Ich wohne eigentlich im Heim.“ Er stockte. „Aber Heim ist scheiße, Regeln hier, Regeln da. Ich will einfach nur frei sein. In vier Monaten bin ich achtzehn, bis dahin werden sie mich schon nicht wieder aufgabeln.“

Mücke war sprachlos, in dieser Nacht folgte eine Überraschung auf die nächste. „Oh, mein Gott“, entfuhr es ihr.

„Nein, der bin ich nicht.“ Mo lächelte schief.

„Das ist ja heftig.“

„Ja, der Hunger, sage ich dir. Ich hab keine Kohle, nix. Daher sitze ich nun auch hier … ich wollte nur ein paar Möhrchen für mich und Schweini. Wirklich nicht mehr.“

„Schweini?“

„Das ist äh mein Hausschwein.“ Mo kicherte. „Ich hab's vom Nachbarhof mitgehen lassen.“

„Du hast was?“

„Ja, ich hatte Hunger und dachte mir, so ein Schweinesteak wäre was Tolles. Aber dann habe ich's nicht übers Herz gebracht, das kleine Ferkel zu schlachten.“ Er schaute Mücke zerknirscht an. „Und nun muss ich für zwei sorgen.“

„Mir fehlen die Worte.“ Schweigen.

„Hältst du mich nun doch für kriminell?“

„Vielleicht“, antwortete Mücke. „Vielleicht aber auch nicht, wenn du mir hilfst, dem wahren Möhrendieb das Handwerk zu legen.“

„Da bin ich dabei. Hast du etwa schon einen Plan?“

„Nein“, erwiderte Mücke. „Nur einen, mit dem es gelingen könnte, dir für die nächsten Tage ein Dach über dem Kopf zu verschaffen.“

„Schüleraustausch!“, sagte Mo hastig.

„Ein Schüleraustausch?“

„Ja, genau, Mam! Ein Schüleraustausch“, pflichtete Mücke Mo bei. „Hast du den Zettel etwa nicht gelesen?“

„Welchen Zettel, Mückchen?“

„Na, den Zettel aus der Schule natürlich, Mam! Der lag in der Küche“, antwortete Mücke und tat genervt. „Wahrscheinlich hat Papa den mal wieder unter seinen Zeitungen vergraben und verlegt, bevor du ihn lesen konntest. Ich habe ihn jedenfalls dort hingelegt. Das ist ein Pilotprojekt."

„So?"

„Ein Pilotprojekt zur ...", Mücke überlegte. „Wie hieß das noch gleich, Mo? Das hatte doch so einen tollen Namen."

Mo kratzte sich am Kopf, damit ihm schnellstens etwas einfiel. „LanSch, Mücke."

„Lanschmücke?" Mückes Mutter stutzte.

„Nein, nur LanSch natürlich." Mo grinste. „Das steht für ‚Landschule' und richtet sich an Jugendliche aus der Großstadt, die noch nie zuvor das Landleben kennengelernt haben. Eine Art Bauernhof-Praktikum für die City-Kids, damit wir nicht weiterhin denken, der Mais wächst in Dosen auf Bäumen. Sie wissen ja, wie wenig wir manchmal wissen, nicht?" Mo lächelte unschuldig, doch Mückes Mutter schien immer noch nicht überzeugt: „Und was macht dieses Schwein im Treppenhaus? Hm? Nimmt das auch an einem Austausch teil?"

„Aber Mama! Du hast doch bestimmt schon davon gehört, welchen positiven Effekt Tiere auf das Lernverhalten haben. Das ist Teil des Projekts! Die Stadtkinder sollen lernen, sich um typische Landtiere zu kümmern. Und ein Schwein ist ein typisches Landtier. Da kann der Mo doch nichts dafür, wenn die Schule ihm so eine Aufgabe aufbrummt." Mücke verschränkte demonstrativ die Arme vor der Brust.

„Ein Schwein auf einem Möhrenhof! Wenn das uns unsere Möhren anknabbert, dann ...!"

„Aber Mama, das würde es nie tun!"

„Hm ..." Mückes Mutter atmete laut aus. „Die Lehrer von heute haben Ideen, Mückchen. Ich sag's dir, wenn das Schwein auch nur einer Möhre das Grün krümmt ...!"

„Mama!"

„Ach, schon gut." Mückes Mutter winkte ergeben ab. „In zwei Stunden gibt's Mittagessen, seid pünktlich! Und zieh dir schnellstens die Schuhe aus, junger Mann. Die sehen ja so aus, als wärest du damit eine ganze Woche durch Feld und Wiesen gestapft."

„Natürlich, Frau..."

„Morgenthal."

„Natürlich, Frau Morgenthal."

Mücke und Mo grinsten sich triumphierend an, als Mückes Mutter kopfschüttelnd das Zimmer verließ.

„Komm, wir bringen jetzt erst mal Schweini in den Fahrradschuppen, bevor das arme Tier tatsächlich noch eine Möhre anknabbert."

„Das kann nur ein Maulwurf sein", sagte Mo entschlossen, nachdem sie das Ferkel sicher im Fahrradschuppen untergebracht hatten.

„Wie? Maulwurf? Meinst du, da gräbt sich einer durch die Erde ins Gewächshaus, oder was?" Mücke warf Mo einen skeptischen Blick zu, als dieser laut losprustete.

„Was gibt's da zu lachen, hm? Du hast doch schließlich mit der Maulwurf-Tunnel-Geschichte angefangen!"

„Ach, Mücke, einen Maulwurf, so nennen die Profis eine Person, die sich in ein Unternehmen einschleicht und dort Geheimnisse ausspioniert."

Mücke schluckte, in ihr stieg ein ungutes Gefühl auf. „Du glaubst, jemand ist hinter dem Gen-Code unserer Super-Möhren her, um von Papas jahrelanger Forschung zu profitieren?"

Mo nickte.

„Das ist sogar gar nicht so unwahrscheinlich", sagte Mücke mit rauer Stimme. „Nicht auszudenken, wie groß der Schaden wäre, wenn jemand den Code knacken und vor Papa Super-Möhren-Produkte auf den Markt bringen würde. Das wäre eine Katastrophe für unseren Hof! Was machen wir denn nun am besten?"

„Na, was wohl, Mücke! Den Dieb auf frischer Tat ertappen. Wenn er seinem Rhythmus treu bleibt, müsste er in drei Nächten wieder ins Gewächshaus einsteigen und sich neue Möhren verschaffen. Wenn du ihn erkennst und wir wissen, wer eure Betriebsgeheimnisse ausspioniert, sind wir einen ganzen Schritt weiter. Hast du nicht ein Nachtsichtgerät?"

„Klar, das hab ich."

„Und? Das kann man doch an einen Laptop anschließen, oder?"

„Kann man." Mücke strahlte Mo an.

„Perfekt." Mos Augen glänzten. „Ich weiß inzwischen, welchen Weg der Maulwurf zum Treibhaus nimmt, beziehungsweise welche Möhren ihn dort besonders interessieren. Und hey, bin ich nicht ein Schrank von einem Mann?" Er krempelte einen Hemdsärmel hoch und ließ seine Muskeln spielen. „Das haben eure Möhren gemacht!" Mo lachte, und Mücke stimmte mit ein. „Dank meiner überirdischen Kräfte reiße ich dem Dieb im richtigen Moment die Maskierung vom Kopf, während du, natürlich gut versteckt im Grünzeug, alles mit dem Nachtsichtgerät beobachtest und auf dem Laptop speicherst. Sobald sein Gesicht erkennbar ist, rufst du auch schon die Polizei." Mos Lächeln verschwand. „Und ich verschwinde über alle Berge. Das ist der einzige Haken an dem Plan. Ich kann dann nicht länger bleiben, sonst erwischen die mich. Verstehst du das?"

Mücke schluckte. „Natürlich, Mo. Klar versteh ich das." Sie berührte kurz seine Hand und zog sie dann fast erschrocken wieder zurück. „Ich finde das klasse von dir, Mo, dass du mir hilfst. Superklasse."

„Das ist ja der Taller, ich fasse es nicht. Ben Taller, Papas langjähriger Produktberater." Mücke war wie erstarrt, als sie das vertraute, aber völlig überraschte Gesicht des Mitarbeiters im Nachtsichtgerät erkannte. „Der gehört so selbstverständlich zu unserem Hof wie die Möhren." Während sie das Gerangel der beiden Männer weiter beobachtete, tastete Mücke nach ihrem Handy. Mo stieß Taller schließlich mit einem kräftigen Schubs zurück, so dass dieser ins Taumeln geriet, und rannte zurück zum Ausgang des Treibhauses. Dort blieb er stehen. Nur kurz zwar, aber dennoch lang genug, um Mücke eine Kusshand zuzuwerfen. Dann verschwand er mit schnellen Schritten in der Morgendämmerung, und Mücke wählte die 110.

Genesis – eine Erfindung der Welt

Robert Blunder

05.06.2084 – Am Tag danach. Der Beschluss des Komitees schlug ein. Panik befiel die Menschen rund um die Welt. Eine Selbstmordwelle ergriff die Bevölkerung. Fünfzig Millionen Menschen starben – freiwillig. 50.000.000 in Zahlen. Damit hatte das Komitee nicht gerechnet. Experten waren von höchstens zehn Millionen ausgegangen, die lieber den Freitod wählen würden. Alle über dreißig und ohne Kind sollten in die Wüstenzonen umgesiedelt werden, Temperaturen über fünfzig Grad und härteste Arbeit in Aussicht.

Jeder dritte Weltbürger war davon betroffen. Unfruchtbares Land durch Unbefruchtete fruchtbar machen stand in der Charta ganz oben. Die höchste Sterberate trat im Bezirk Amerika auf. Er umfasste das Gebiet der ehemaligen Vereinigten Staaten von Amerika und Kanadas, mit Ausnahme der Inseln, also das nordamerikanische Festland. Die niedrigste Ablebensquote kam im Bezirk Amazonien auf. Er bestand aus den Spanisch sprechenden ehemaligen Ländern Mittel- und Südamerikas sowie aus Brasilien. Ihre Einwohner hatten nichts zu verlieren. Dort lag das Armenhaus der Welt. Hier zu leben hieß so viel wie langsam sterben. Amerika fehlte es an Wasser, Amazonien an Nahrungsmitteln.

Einige Jahre zuvor war auf dem Ersten Kosmopolitischen Kongress die neue Weltordnung entstanden. Beschlossen vom Komitee. Die Leute nannten es Komitee, eigentlich hieß es Globalkomitee. Es bestand nicht aus Politikern wie früher. Die Delegierten waren sogenannte Weltbürgen. Sie bürgten für die Welt. Weltbürger und Weltbürgen unterschied ihre Verantwortung. Weltbürger waren alle, es sei denn, ihnen waren die Bürgerrechte aberkannt worden. Weltbürgen schworen, ihr Leben lang ausschließlich dem Wohl der Menschheit und ihres Planeten zu dienen.

Sie mussten vor dem Völkerrat das Gelübde der Selbstlosigkeit ablegen. Eine Garantie verpflichtete sie, für eine bestimmte Anzahl von Weltbürgern zu bürgen. Somit hafteten sie persönlich für den Fortbestand der Erde.

In den Vereinigten Staaten der Welt (United World) gab es keine unabhängigen Länder mehr. Stattdessen sieben genetische Bezirke: Amerika, Amazonien, Afrika, Arabien, Asien, Europa und Ozeanien. Ursprünglich sollten die ehemaligen arabischen Nationen an Europa oder Asien fallen. Vertreter des Islam hatten sich dagegen gewehrt. Falls es keinen eigenen Bezirk Arabien gäbe, drohten sie mit einem weltweiten Energieboykott. Es war das letzte Mal in der Geschichte der Menschheit, dass Religion eine politische Rolle spielte. Nachdem Erdöl und Erdgas aufgebraucht waren, hatten sich arabische und lizensierte afrikanische Länder auf die Nutzung von Sonnenenergie verlegt. Die Solarplantagen würden alle Wüstenflächen der Erde bedecken, wenn die dafür benötigten Menschen umgesiedelt waren.

Glaube wurde zur Privatangelegenheit. Glauben, was einem heilig ist, hieß es in der Charta. Jeder, der versuchte, religiösen Einfluss auszuüben, wurde vom Weltgerichtshof mit lebenslanger Zwangsarbeit bestraft oder zur Selbsttötung verurteilt. Ohnehin zogen es junge Leute vor, sich zur Omniologie zu bekennen. Eine neue Weltreligion, die sich als größter gemeinsamer Nenner aller großen Glaubensrichtungen sah, diese aber weder bekämpfte noch zu missionieren versuchte. Omniologen waren tiefgläubige Kosmopoliten mit hohem Umweltbewusstsein. Ihrem Verständnis nach standen die Menschen über der Religion, und nicht die Religion über ihnen. Ihr Glaubensbekenntnis hieß Rückbesinnung auf die Schöpfung, Rückbindung an die Welt und Liebe zur Natur. Erde, Wasser und Luft waren ihnen heilig.

Die Überführung der ehemaligen selbstständigen Staaten in den neuen Weltenbund verlief mit wenigen Ausnahmen ohne nennenswerte Zwischenfälle. In einigen wenigen Regionen kam es anfangs vereinzelt zu Aufständen. Die neuformierten Vereinigten Kosmopolitischen Schlichtkräfte, aufgestellt aus den früheren Streitkräften aller Armeen und Heere der Welt, schlugen jeden Versuch eines Rückfalls zum Nationalismus binnen Stunden nieder. Die Türkei wurde, obwohl eine Volksabstimmung das Gegenteil ergeben hatte, vom Kosmopolitischen Völkerrat nicht Europa, sondern Arabien zugeteilt. Ebenso, auf eigenen Wunsch, der Iran, sowie einige ehemalige nordafrikanische und zentralasiatische Länder mit überwiegend muslimischer Bevölkerung. Das geteilte Israel kam zu Europa, was insbesondere den Palästinensern missfiel. Sie betrachteten es noch immer als ihr Land, also arabisch. Australien, alle Meere und Inseln der Welt, egal ob früher ein selbstständiger Staat oder nicht, wurden Ozeanien zugesprochen. Also auch Grönland, Neuguinea, Japan, Madagaskar, Hawaii, Neufundland, Großbritannien, Irland, Korsika und ganze Inselgruppen wie die Karibik. Der Sinn lag darin, die von internationalen Fangflotten nahezu ausgebeuteten Weltmeere zu schützen und die vom Aussterben bedrohten maritimen Tierarten und Pflanzen zu retten. Bis auf Widerruf durften im offenen Meer, weiter als drei Seemeilen vom Ufer entfernt, nur noch Insulaner Fischfang betreiben. Festlandbewohner lediglich in Küstennähe und Binnengewässern. Verstöße wurden mit lebenslanger Verbannung in eine Rohstoffmine und Zwangsarbeit bestraft.

Über die eisfreien Polargebiete wurde lange Zeit gestritten. Amerika und Europa beanspruchten die Arktis, Amazonien und Afrika die Antarktis. Nirgendwo war die Erde fruchtbarer als dort. Schließlich beschloss das Komitee, beide Landmassen ebenfalls Ozeanien zuzuordnen. Damit wurde der Inselstaat zum weitaus größten Bezirk der Welt. Als Einziger umschlang er den gesamten Planeten. Mehr als zwei Drittel der Ozeane bedeckten die Erdoberfläche, dazu kamen die Landmassen der Inseln und

Polarkappen. Der bevölkerungsreichste Bezirk war und blieb Asien. Etwa die Hälfte der Weltbevölkerung lebte dort, knapp fünf Milliarden Menschen.

Zehn Milliarden Menschen trug die Erde, und die Erde musste sie ertragen. Die Menschen brauchten Wasser und Nahrung. Die Landwirtschaft hatte sich seit den fünfziger Jahren des neuen Millenniums völlig gewandelt. Viele Lebensmittel konnten inzwischen ohne Qualitätseinbußen wesentlich billiger unter künstlichen Laborbedingungen hergestellt werden, auch Fleisch, Obst und Gemüse. Für die Land- und Forstwirtschaft waren neue Absatzmärkte und Berufe entstanden. Zum Beispiel die Klimatonomen, eine Art Speziallandwirte. Sie kümmerten sich um die Produktion von Sauerstoff und den Abbau von Kohlendioxyd. Forscher hatten herausgefunden, dass sich Edelweiß und Brennnesseln dafür am besten eigneten. Ein zusätzlicher Vorteil dieser Pflanzen war, dass sie rasend schnell wuchsen, anspruchslos waren, kaum der Pflege bedurften und, als Tierfutter getrocknet, einen enormen Nährwert aufwiesen.

Grundvoraussetzung für alle Änderungen war die Lösung des weltweiten Wasserproblems, von Wasserverteilung und Wasserversorgung. Dafür sorgten Hydronomen, sogenannte See- und Wasserwirte, in der Regel lauter ehemalige deutsche Landwirte, die ihr „Feld" gewechselt hatten. Einem Hamburger Ingenieurteam aus Forschern, Technikern und Meeresbiologen war es mittels eines simplen Dialyseverfahrens gelungen, mit salzfressenden Mikroalgen aus Meerwasser Trinkwasser herzustellen. Riesige Pumpwerke mit unvorstellbar großen Turbinenschaufeln schöpften pro Minute eine Million Kubikmeter (Kiloliter) Wasser aus der Ost- und der Nordsee. Aufgrund spezifischer klimatischer Voraussetzungen, dem Verhältnis von Wasser- zu Lufttemperatur, konnte es nur an zwei Orten der Welt gewonnen werden. Beide lagen in Norddeutschland. Nach der Entsalzung in Raffinerieanlagen wurde das Wasser mit

Pipelines – den früheren Erdölleitungen ähnlich – durch ganz Europa nach Asien, Afrika und zu den Polen gepumpt. Der Querschnitt der Rohre betrug mehr als einhundert Meter. Mittels Hochdruckmagneten floss in der Hauptader pro Tag eine Wassermenge, die in etwa so groß war wie der gesamte Bodensee. Wasser war das weiße Gold und genauso viel wert. Mit diesen Geldern hatten viele deutsche Landwirte riesige Anbaugebiete in den Polarregionen erworben. Ländereien, groß wie ganze Bundesländer. Von dort aus versorgten börsennotierte Höfe die Welt mit natürlichen Nahrungsmitteln und schufen ungeahnten Wohlstand.

Wasser und Land waren nun die Schätze der Erde. Niemand wusste sie besser zu nutzen als die Goldgräber der Neuzeit. Moderne Landwirte. Viele von ihnen hatten studiert und einen Abschluss als Dipl.-Ing. Agrarökonom. Das neue Landleben war grandios. Sauber, vornehm und vor allem schön.

Elinge für Großposemuckel

Magdalena Böttger

„Die nächste Runde geht auf mich, Jungs. Ich werde Großgrundbesitzer!" Mischa wedelte mit einem Bündel Papiere und brachte die stickige Luft der Kneipe in Bewegung. Unter beifälligem Gemurmel seiner Kumpels mühte sich Mischa mit dem Vorlesen: Seine geliebte Erbtante war nach langer Krankheit verstorben und hinterließ ihm den seit Jahrhunderten in Familienbesitz prosperierenden Hof mit Viehwirtschaft und 14,8 Hektar Land.

„Ich sag euch, Schweine schlachten und Bäume ausreißen. Das ist das richtige Leben für mich. Hier in der Stadt gibt's doch eh keine Jobs mehr." Mischa tätschelte seine beachtlichen Oberarme und sah sich schon mit bloßen Händen mannsgroße Möhren aus dem Boden ziehen.

„Das wird doch nie was, du hast doch keine Ahnung von Landwirtschaft", höhnten seine Zuhörer. „Wusstest du schon, dass Milch aus Kühen kommt und nicht in Tüten an Bäumen wächst?"

„Natürlich weiß ich das", brummte Mischa verärgert, überlegte aber doch, ob er das mit dem Melken hinkriegen würde. Schon holte jemand aus einer der dunkleren Ecken des Lokals den Professor und stellte ihn vor Mischa hin. „Nimm den Prof mit, der kennt sich aus. Stimmt doch, Prof, oder?"

Der Professor wackelte unsicher vor und zurück, blinzelte und strich sich das schüttere Haar aus dem Gesicht. „Was stimmt, bitte sehr?"

Nun wurde des Professors Lebensgeschichte auf den Tisch gebracht: wie er Agrarwissenschaft studiert hatte, in eine Kommune gezogen war, Feldforschung veröffentlicht hatte und dann Teleprofessor geworden war. Schließlich war er aber im Zuge von praktischer Genoptimierung am *Papaver somniferum* dem Morphium erlegen und brachte sein Leben nicht mehr auf die Reihe. Dem Professor war es ein bisschen unangenehm, so vorgeführt zu werden, aber Mischas Begeisterung wuchs immer mehr, und so wurden sie sich dann doch einig. Der Prof sollte mitkommen und konnte so viel Schlafmohn anbauen, wie er wollte. Dafür sollte er in allen landwirtschaftlichen Fragen erster Berater des Chefs sein.

Wenige Tage später saßen die beiden mit schweren Koffern im Minitrain auf dem Weg nach Großposemuckel. Der Professor, mit einer altertümlichen Datenbrille auf der Nase, las die neuesten Fachartikel über Gartenbau in Westpolen. Mischa sah aus dem Fenster. Nach den Gewächshäusern außerhalb der Stadt gab es jetzt nur noch kilometerweit Mais, Soja, Raps und Getreidefelder. Windräder. Ein paar verfallene Dörfer. Dazwischen lange Bahnen weglosen Waldes, in dem alles wild durcheinanderwuchs. Einmal mit einer Energieholzmaschine da durchfahren und alles kurz und klein schreddern, davon träumte Mischa, als der Professor plötzlich aufsprang:

„Wir brauchen frische Elinge. Die bei deiner Erbtante sind bestimmt nur v4.1, wenn überhaupt. Ohne die richtigen Elinge arbeiten wir uns krumm und bucklig und halten kein Jahr durch." Rasch koppelte er ihr Abteil aus dem Überlandtrain aus und suchte einen stillen Feldweg, fernab der Straße.

„Wir parken hier und warten bis zur Dämmerung. Das ist unauffälliger."

Mischa traute sich nicht zu fragen, sondern packte seine Reisebrote aus, entledigte sich seiner Schuhe und Strümpfe und ging barfuß am Waldrand entlang, während der Professor ein paar Schritte ins Feld gegangen war und jetzt vor sich hin murmelnd mit bloßen Händen im Boden grub. Doch kaum hatte Mischa sich hingesetzt und ein wenig mit den Zehen gewackelt, piepte am Minitrain ein Alarm. Er sprang auf und rannte zurück, schaute mit dem Professor alles gründlich nach, konnte aber keine Ursache entdecken. Als er zurück zu seinen Broten kam, waren sie verschwunden. Verdammte Natur, dachte Mischa und trank wenigstens sein Bier, das noch unberührt dastand. Die Stunden bis zum Abend verbrachte er damit, von seinem Gutshaus zu träumen und von den Bergen von Mais, die er mit einem riesigen Traktor einfahren würde.

„Also, das ist der Plan", erläuterte schließlich der Professor. „Wir lassen alle elektronischen Geräte und Tags hier im Wagen, dann marschieren wir da rüber zur Ladestation." Er zeigte auf einen weißen Mast mitten im Feld, dessen Spitze in der einbrechenden Dunkelheit blau zu blinken angefangen hatte. „Ich programmiere die Station so, dass sie die Elinge zu sich ruft und in den Winterschlafmodus versetzt. Du gräbst sie dann aus und sammelst sie in diesen Sack hier."

„Äh, wie sieht denn ein Eling aus, Prof?", fragte Micha.

Der Professor geriet ins Stocken bei dem Versuch, sich auf das Wissensniveau seines Gegenübers herab zu begeben. „Äh … rund … wie eine große Murmel. Braun. Schleimig. Ganz harmlos."

„Okay … Na dann …"

Sie zogen los, fühlten sich ganz nackt ohne die Gadgets und Chips und Wearables, die sie hatten zurücklassen müssen, um keine digitale Spur zu hinterlassen. Der Wagen war gut verschlossen und nur mit ihren persönlichen Stimmcodes und Fingerabdrücken zu öffnen, aber Mischa beschlich trotzdem ein mulmiges Gefühl. „Jetzt sind wir wie die Urmenschen", dachte er, durch das Feld stapfend. Er hatte sich sogar einen Knüppel vom Waldrand mitgenommen, um diese Murmeln besser ausgraben zu können.

Als Mischa genau den 100. Eling aus der Erde holte und in den bereits gut gefüllten Sack warf, gab dieser das 100. Stresssignal ab, woraufhin die Ladestation zu dem Schluss kam, dass Wildschweine am Werk seien. Ein ohrenbetäubender Lärm brach los, Lichtblitze zuckten, um die Station herum zischte ein Draht, der Stromstöße verteilte. Ein ekelhafter Schweißgeruch erfüllte die Luft. Mischa stürmte los, Beute und Professor waren vergessen, nur weg von dem Höllending! So schnell er konnte, rannte er zum einzigen vertrauten Ort in dieser finsteren Umwelt, dem Minitrain. Das Sausen und Brausen hinter ihm wurde schon leiser, aber erst in der Ruhe und Sicherheit des Abteils würde er einen klaren Gedanken fassen können. Mischa riss die Tür auf und erstarrte: Seine Koffer waren geöffnet, ihr Inhalt lag im Abteil verstreut. In diesem Durcheinander stand ein junges vermummtes Mädchen von höchstens sechzehn Jahren. Und starrte ihn ebenso sprachlos an.

Dann war es Emmi gewesen, die zuerst in der Lage war, einen klaren Gedanken zu fassen. Sie hatte Mischa vorsichtig davon überzeugt, erst einmal den Professor zu retten, hatte die Alarmanlage der Ladestation ausgeschaltet und dann den Sack mit Elingen geschleppt, während Mischa den ohnmächtigen Prof wie ein Baby auf seinen Armen zum Wagen trug.

„Die Anlage dachte, ihr seid Wildschweine", grinste Emmi. „Aber wir sollten trotzdem abhauen. Großposemuckel, hm?" Sie runzelte die Stirn, als sie den Navi wieder aktivierte. Zusammen kümmerten sie sich um den Professor, der auch bald wieder zu Bewusstsein kam und den jungen Gast bestaunte.

„Was macht denn so eine kleine Person allein auf dem Land? Du hast was ausgefressen, stimmt's? Kannst nicht in die Stadt?"

Nicht ohne einen gewissen Stolz erzählte Emmi, dass sie zwar erst fünfzehn Jahre alt war, aber tatsächlich auf internationalen Fahndungslisten stand und jetzt auf dem Weg nach Litauen zu einer befreundeten Hackerkommune war. Allerdings musste sie Überwachungskameras strikt meiden oder ihr Gesicht verbergen, was in der Stadt nicht erlaubt war. Am linken Auge und Ohr und an beiden Händen trug sie seit Jahren schon elektronische Implantate, die ihr erlaubten, sich schnell in alle möglichen Systeme einzuhacken. So hatte sie auch problemlos in den verschlossenen Minitrain einbrechen können.

„Und sorry wegen der Brote. Ich hatte so einen Hunger", entschuldigte sie sich.

„Was habt ihr da eigentlich geklaut?", fragte Emmi nun ihrerseits.

„Elinge natürlich, was sonst?", platzte Mischa heraus, und weil er nicht zugeben wollte, dass er immer noch nicht so genau wusste, was Elinge überhaupt waren, holte er eine Handvoll hervor und streckte sie Emmi hin. Von der Wärme seiner Hand wachten die Elinge aber auf, und aus den harmlosen Murmeln wurden schreckliche Krabbeldinger mit gefährlichen Klauen, gruseligen Fühlern, einem länglichen Körper, zwei mal sechs Beinen und einem Stachel am Hinterteil. Und sie krabbelten an Mischas Hand herum, schlüpften unter seinen Ärmel, fielen herunter, als er panisch aufschrie, und suchten sich im hellen Abteil dunkle Verstecke. Der Professor und Emmi waren dem armen Mischa gar keine Hilfe, denn sie schüttelten sich vor Lachen und versuchten nur, die wertvollen Robotertierchen behutsam wieder aufzusammeln, bevor der angehende Bauer sie zertrat.

„Hätte man die nicht netter aussehen lassen können?", grummelte Mischa später. „Die sehen doch echt fies aus."

„Das ist ein außerordentlich durchdachtes Design", erklärte der Professor, nun ganz in seinem Element. „Die Elinge der sechsten Generation überleben bis zu fünf Jahre im Boden, im Winterschlafmodus bei bis zu 20 Grad minus. Sie identifizieren Pflanzen und Tiere bis auf Artgrenze, beseitigen Unkraut und kleine Schädlinge nach Anweisung, messen kontinuierlich Nährstoffgehalt und Bodenfeuchtigkeit. Sie können in manchen Ausführungen sogar Keimlinge vereinzeln und sich gegen Fressfeinde zur Wehr setzen." Als er Mischas skeptischen Blick bemerkte, fügte er hinzu: „Es gibt da aber auch ein niedliches Programm. Schau mal." Er nahm eines der Tierchen hoch. Der Eling hielt still und bewegte nur leicht die Fühler. Als er sich überzeugt hatte, in einer menschlichen Hand zu sitzen, begann er, einen leisen, gurrenden Ton von sich zu geben und sich einzukringeln. Es schien fast, als wollte er es sich gemütlich machen. Der Professor streichelte ihn mit dem Finger, und sogleich drehte er sich auf den Rücken, so, als wolle er am Bauch gekrault werden.

„Oh, wie süß!", quietschte Emmi und setzte auch einen Eling auf ihre Hand. „Darf ich ihm eine eigene Firmware aufspielen? Damit er kommt, wenn ich ihn rufe?"

Mischa lachte noch etwas gequält und hoffte nur, dass nicht alle Farmmaschinen so ein durchdachtes Design hatten. Dabei hatte der Professor gerade anfangen wollen, von den Erntespinnen zu erzählen, von denen man auf jeden Fall einen Schwarm auf dem Hof haben sollte.

„Komm doch mit uns. Jemanden wie dich können wir gut gebrauchen", sagte Mischa zu Emmi, und der Professor stimmte zu. Einer Subsistenz-Community beitreten, die Anbausoftware managen, ein lokales Netz dicht halten, einen MakerBot in Betrieb nehmen. All das würde ihnen allein schwerfallen.

„Nur für den Anfang", bat Mischa „Ich kaufe dir auch ein Pony, oder was kleine Mädchen eben so mögen. Sollten."

Emmi lachte, überprüfte, ob es in Großposemuckel einen Breitbandzugang gab, und zwinkerte. „Wenn ich die Ladestation hacke, marschiert unsere nächste Fuhre Elinge gleich von selbst auf deinen Schoß."

Fifty-fifty

Ulrich Borchers

Die beiden haben die aktuelle Entwicklung interessiert verfolgt. Es ist mal wieder einer dieser besonderen Momente der Menschheit. Weichen werden gestellt. Da kann es so oder so ausgehen. Interessantes Experiment, diese Menschen. Ihr Einfallsreichtum setzt sogar die Götter in Erstaunen.

Obwohl es nach dem letzten Betrugskandal hier oben nicht gern gesehen wird, können es die beiden einfach nicht lassen zu wetten. Die Ewigkeit wird sonst auch zu langweilig. Den besonderen Reiz übt dabei der freie Wille der Menschen aus. Das macht sie so unberechenbar. Ideale Voraussetzungen für gelangweilte Götter. Außerdem fallen Visionen nicht unter Betrug. Die Erfahrung hat gezeigt, dass Menschen sowieso machen, was sie wollen.

„Also, die Regeln. Der Typ da unten hat etwas Bahnbrechendes erfunden. Nahezu kostenfreie unbegrenzte Energieversorgung, schadstofffrei. Einfach genial. Ihm wurden gute Angebote vorgelegt, nur noch zwei sind jetzt in der engeren Wahl. Normalerweise müsste er sich über deren Konsequenzen so einigermaßen klar sein. Schließlich ist er ja nicht blöd. Die Leute haben ihm ziemlich deutlich gemacht, wie sie seine Erfindung einsetzen wollen. Wir senden ihm heute Nacht die entsprechenden Visionen, wie sich das auf die Zukunft auswirken wird. Jeder von uns wettet auf eine der Varianten."

„Okay, lass sie mich noch mal ansehen." Die beiden haben es am Beispiel der Landwirtschaft durchgespielt. Immerhin entstanden die sogenannten Hochkulturen erst, als die Menschheit genügend freie Kapazitäten hatte. Es begann, als die Grundversorgung mit Nahrungsmitteln von wenigen erwirtschaftet werden konnte. In Deutschland arbeitet nur noch ein Bruchteil in der Branche, gerade mal drei Prozent, und die Erde ist auf den Kopf gestellt.

In Gedanken lassen die beiden nochmals die Bilder Revue passieren, wie sich die Landwirtschaft bis zum Jahr 2084 entwickeln könnte. Wenn sie den Menschen auch den freien Willen lassen, haben sie doch genug Möglichkeiten, um Entwicklungen abschätzen zu können. Sie sind mit ihren Varianten zufrieden und drücken auf „Senden“:

Angebot A) Schöne Landwirtschaft 2084

In Deutschland gibt es noch drei Landwirte. Sie sind für die reine Produktion zuständig, wobei die wirtschaftliche Verwertung von den verbliebenen Konzernen abgewickelt wird. Die Lizenzen der Bauern sind auf Jahrzehnte vergeben, und durch die Unterteilung in Ackerbau und Viehzucht kommen sich die beiden Großen nicht ins Gehege. Der aus nostalgischen Gründen vergebene Posten des Weinbauern wird von ihnen eher belächelt. Durch die Festpreise für die garantierten Ertragsmengen machen sich die irrsinnig hohen Lizenzkosten bezahlt. Getreidebauer Hansen muss jeden Morgen früh aus den Federn. Er kontrolliert persönlich an der Konsole im Arbeitszimmer den Stand der Anbauflächen und der Gewächshäuser. Abweichende Werte werden in den permanent aktualisierten Anzeigen aufgelistet und die automatisiert eingeleiteten Maßnahmen ebenfalls. Sollte wider Erwarten die fehlerhafte Entwicklung nach zwei Stunden nicht behoben sein, informiert er einen seiner drei Produktionsmitarbeiter und beauftragt ihn mit der tiefergehenden Analyse. In aller Regel sind es Software-Probleme. Nachdem sie behoben sind, geht alles meistens seinen geregelten Gang. Ab und zu müssen Subunternehmer beauftragt werden, aber der letzte mechanische Eingriff außerhalb der Wartung liegt schon ein halbes Jahr zurück. Der Viehbauer hat ein paar Leute mehr, aber es ist nur eine Frage der Zeit, bis da weitere Automatisierungen laufen. Alle paar Monate werden die Neuerungen des gentechnischen Instituts in die Software eingespielt. Die irren Aufwände sind zum Glück durch die Lizenzkosten abgedeckt.

Temperatur, Sonneneinstrahlung, Bewässerung usw. regelt sich alles programmgesteuert. So sind mit den gentechnischen Verbesserungen, die ebenfalls in das Saatgut direkt übernommen werden, und den vollautomatischen Transport- und Erntemaschinen optimierte Erträge garantiert. Anbaumengen und -flächen regeln sich durch Umfragen und Marktanalysen, die ebenfalls inklusive sind.

„Alles prima geregelt", denkt Hansen. „Heutzutage arbeiten die Leute entweder in der Wissenschaft und Forschung, um uns alles noch leichter zu machen, oder in der Produktion der erforderlichen Maschinen. Dann gibt es noch den großen Freizeit- und Dienstleistungsbereich, aber sehr viele haben nichts zu tun. Das heißt nichts. Sie haben Muße, alles Mögliche zu tun, und die Transferzahlungen sind ja auch ausreichend. Wenn einige mit ihrer Freizeit nichts anfangen können, ist das doch nicht die Schuld der Gesellschaft." Er ärgert sich jedenfalls manchmal, dass er erst mittags zum Golfen gehen kann. Landwirt ist 2084 eben immer noch ein Halbtagsjob.

Angebot B) Schöne Landwirtschaft 2084

Nahezu 30 Prozent der Bevölkerung in Deutschland arbeiten in der Landwirtschaft oder zumindest in vergleichbarer Tätigkeit. Darunter sind auch eine Menge Selbstversorger. Da gibt es inzwischen einen richtigen sportlichen Ehrgeiz. Die gesicherte Energieversorgung hatte für allgemeinen Wohlstand gesorgt, und der Wunsch, gesund zu leben und eine sinnvolle Tätigkeit auszuüben, löste einen regelrechten Boom aus. Es gäbe sonst auch nicht genug Arbeit für alle, und die moderne Technik bietet so viel Unterstützung, dass Bauer sein heutzutage zwar zeitintensiv, aber ansonsten eine recht angenehme Arbeit ist. Bolte hatte sich auf Tiere spezialisiert. Erst hatte er gedacht, dass seine Kinder mit dem Schlachten nicht so gut klarkommen würden, aber sie hatten es bei allem Mitgefühl als etwas Natürliches angenommen. Die Tiere haben es sonst ja gut, und insgesamt wird auch nicht mehr so übermäßig viel Fleisch gegessen wie früher. Die Genossenschaft organisiert vor allem die regionale Auslastung. Diese ewig langen Fleisch- oder gar Tiertransporte, wie sie noch in Büchern nachzulesen sind, gibt es schon lange nicht mehr. Gut, Spezialitäten gehen immer noch auf die Reise, aber durch den Einsatz moderner Technik lässt sich fast alles regional produzieren. Außerdem ist der Transport heutzutage ja sehr umweltverträglich. Bolte hat relativ wenige Tiere zu versorgen, aber es gibt kaum noch Verluste durch Krankheiten. Die moderne Tiermedizin, Züchtungen, Tiernahrung und die kleinteilige Landwirtschaft sorgen wider Erwarten für enorme Erträge. Hunger ist ein Thema von gestern. Vielfalt und Qualität sind die Themen von heute.

Es hatte eine regelrechte Stadtflucht gegeben, aber nur was das Wohnen und Arbeiten anging. Die Städte waren weiterhin die kulturellen Zentren, und Bolte ging oft mit seiner Familie zum Shoppen, Bummeln und Essen in die Stadt. Anschließend besuchten sie Veranstaltungen. In den Städten gibt es Hobbybauern. Irre, wo sich überall Anbauflächen finden lassen. Neulich in dem Restaurant bauten sie ihr Gemüse in einem Gewächshaus auf dem Dach an. Alle haben Arbeit, aber dadurch auch keiner zu viel. Arbeit, Freizeit, Familie lassen sich gut miteinander vereinbaren.

Jetzt kommen Boltes Kinder aus der Schule. Sie sind schon ganz wild darauf, bei der neusten Marotte ihres Vaters mitzumachen. Rinder massieren. Er hatte sich neulich mit einem Kollegen ausgetauscht, und der hatte ihn darauf gebracht. „Bringt zwar heutzutage nicht mehr so viel, aber dann fühlen sich deine Kühe noch wohler. Das haben sie früher mit Kobe-Rindern gemacht." Da kommen die drei schon. Bolte freut sich. Ab zur Kühe-Wellness.

Die beiden dort oben befürchten, die Wette könnte wegen der Eindeutigkeit der Wahl nicht möglich sein, aber zu ihrer Überraschung entscheidet sich jeder von ihnen für eine unterschiedliche Variante.

„Du spinnst doch!", sagt der eine. „Nie im Leben wird er sich dafür entscheiden, dass sich die Leute weiterhin abbuckeln müssen."

„Quatsch, schau uns doch an. Wir kommen doch auch nur auf so blödsinnige Ideen wie unsere Wette, weil wir uns langweilen."

Zum Glück können sie sich einfach nicht einigen und schließen ihre Wetten ab. Dann verstummen sie, denn es wird spannend. Der Mensch entscheidet sich:

Und zwar für Angebot …

Mantis Global Ento-Farm

Jesta Dehns

„Mach schon, werde langsamer", dachte Skip. Auf dem Holo-Display, das in der Ultrabahn über ihm schwebte, sah er, wie der Zug endlich an Tempo verlor. Als der Zug die Geschwindigkeit noch weiter drosselte, löste er den Gurt, sprang hoch und stellte sich aufgeregt an das einzige Fenster, das es im Zug noch gab, weil man bei Ultratempo draußen sowieso nichts erkennen kann. Aber jetzt, als der Zug langsamer wurde, wollte Skip so viel wie möglich von der Umgebung sehen.

„Das hier ist *mein* Platz", sagte ein Junge in einem roten Skytec-Anzug und schubste Skip heftig an die Seitenwand.

„Ist ja gut", sagte Skip und rieb sich den schmerzenden Ellbogen. Dann stellte er sich hinter den einen Kopf größeren Jungen, dem schwarze Haare stachelig in alle Richtungen vom Kopf abstanden, und er versuchte trotzdem, etwas von der Umgebung mitzubekommen.

Er hibbelte von einem Fuß auf den anderen und freute sich riesig über die Reise zum „Nostalgiehof" der *Mantis Global Ento-Farm*, die Oma ihm zum 13. Geburtstag geschenkt hatte.

„Damit du mal siehst, wie das früher war", hatte sie gesagt, als sie den Gutschein ins Wohnzimmer hologrammierte.

Je öfter aber Skip auf der Fahrt seine aufgeregt mit ihrer Freundin Ada redende Großmutter ansah, umso mehr hatte er das Gefühl, dass sie ihn nur als Vorwand brauchten, um den „Nostalgiehof" besuchen zu können.

„Ginsengfelder", sagte Oma jetzt von hinten, als Skip fragend auf die rot leuchtenden Früchte unter der sich nähernden berühmten Kuppel zeigte. Der Ultratrain wurde noch langsamer, setzte sanft auf und entließ die Reisegruppe.

„Herzlich willkommen", sagte das automatische Begrüßungsportal, „Ihren persönlichen Urlaubsschnappschuss vom Besuch der „Nostalgiefarm", der *Mantis Global Ento-Farm,* heute am 12. August 2084, können Sie am Ende des Tages hier am Eingang in Empfang und mit nach Hause nehmen."

„Was ist denn ein Schnappschuss?", überlegte Skip, als er wegen der angenehmen 42 °C die Temperatur in seinem beigefarbenen zu kurzen, knapp sitzenden Temptec-Anzug herunterregelte. Oma und Ada waren vorgegangen und standen jetzt auf historischen Personal Transportern.

„Da steig ich nicht drauf", sagte Skip gedehnt, stellte sich dann aber doch auf die kleine Plattform neben den beiden Rädern und griff nach der Lenkstange.

„Kein Hoover, dafür Räder mit Bodenkontakt", grummelte er und versuchte, mit mündlichen Befehlen den Transporter zu bewegen, bis er merkte, dass das Fahrzeug allein auf seine Bewegungen reagierte.

„So einen *Segway* haben wir früher alle gehabt", rief Oma ihm zu, und sie und Ada hörten gar nicht auf zu lachen. Skip rollerte ihnen Richtung Treffpunkt hinterher und ließ seinen Blick über das Gelände schweifen.

Im Westen lag das riesige Areal der *Ento-Farm* mit Hunderten von Hallen. Die Hallen waren vertikal mit Klettergärten bepflanzt und mit essbaren Ranken begrünt. Im Osten, unter der Glaskuppel mit Solar-Lunar-Technologie, stutzte er, als er sah, dass es nur unbebaute weite grüne Flächen und einen altmodischen roten Steinbau gab. Am Treffpunkt angekommen, stellten sie die *Segways* ab, und der Juniorchef von *Mantis Global Ento-Farm* begann mit der Führung.

„Mein Name ist Mang Tissler, und dieser ‚Nostalgiehof' hier", sagte er und zeigte auf das rote Haus und die unbebauten Grünflächen im Osten, „ist echter Luxus. Als die Städte zusammenrückten und Land und Vieh immer weniger wurden, hat mein Vater, Manfred Tissler, nach der Welternährungsnotfallkonferenz von 2047 schnell reagiert: Anstatt wie alle auf *vertical farming* zu setzen, also auf die Kultivierung von Pflanzen in der Höhe auf Häusern, hat er …", der Juniorchef zeigte auf die vielen Hallen im Westen, „… als Erster das *Entomo-Farming* in der Region hier auf unserer sogenannten *Ento-Farm* eingeführt. „Das gesamte tierische Eiweiß, das der moderne Mensch heute noch benötigt", fuhr er fort, „kommt von *Mantis Global*."

„Getreide, Obst, Gemüse von ‚farming vertical' – tierisches Eiweiß von *Mantis Global*", skandierte die Gruppe im Chor.

„Den Spruch …", dachte Skip, „… kennt doch jedes Kind."

„Weil die *Ento-Farm* so gute Erträge erzielte und mein Vater noch dieses Land besaß, hat er sich einen Traum erfüllt und diesen ‚Nostalgiehof' errichtet, so, wie es ihn zu seiner Kindheit in den zwanziger Jahren noch häufiger gab." Der Juniorchef führte die Gruppe langsam zu den Grünflächen, auf den sich nun die verschiedensten Tierarten tummelten. Skip sah unter der riesigen Glaskuppel, die als Schutz vor den tropischen Stürmen diente, zum ersten Mal in seinem Leben grüne Wiesen auf dem Boden.

„Wir haben hier zum Beispiel Pferde, Rinder und Schweine in relativ gleich bleibender Zahl, die hier ein sorgenfreies Leben haben, bis sie an Altersschwäche sterben."

„Das sind doch alles Robots, oder?", fragte Skip seine Oma, die jetzt mit Ada kreischend auf ein großes schwarzes Tier zulief.

„Nein, Skip", sagte Oma und lächelte ihm zurückblickend zu, „die sind alle echt, und dies hier ist ein Pferd namens Totil 74."

„Das Gefleckte ist eine Kuh", wiederholte Skip, was Mang Tissler eben erklärt hatte, und wollte gerade zu dem nächsten virtuellen Zaun, hinter dem ein anderes riesiges Tier stand, weitergehen, als ihm der Junge mit der Stachelfrisur ein Bein stellte.

„Eyh, was soll das?", rief Skip, als er auf den Boden fiel. Als er sich nach dem Jungen umsah, bemerkte er, dass der auf seinem roten Smarttec-Anzug eine der limitierten Applikationen der Marsstation III und außerdem brandneue Hooverboots trug. Als eine schrille Frauenstimme rief: „Rotter, Schätzchen, Rotter, komm her, wir wollen dir einen echten Schäferhund zeigen", grinste der Junge Skip an, der sich gerade aufrappelte, und ging.

Nach dem Ende der Führung knurrte allen der Magen. Sie gingen zum roten Haus, in dem sich das Restaurant befand, das hauseigene Spezialitäten anbot. Oma war gut gelaunt, und sie bestellten die Speisekarte rauf und runter. Skip biss lustvoll in seinen *Mac Mantis special* mit dicker Panade, und es machte ihm nichts aus, dass ausgerechnet eine Reihe weiter Rotter, dem gerade roter *Ginseng-Curry-Dip* übers Kinn lief, mit seinen Eltern ebenfalls beim Essen saß. Oma aß *MeWu*-Spaghetti, während Ada frittierte *Witchetty an Chilipaste* bestellt hatte. Zum Nachtisch gab es gegrillte *Formis mit Schokosoße*, und Oma und Ada tranken dazu noch einen *Mantis-Mezzcal-Schnaps*.

„Bringt mir was Schönes mit ...", sagte Skip, als Oma und Ada zum Shop aufbrechen wollten, um Seidentücher und in der hauseigenen Bonbon-Manufaktur Süßigkeiten zu kaufen. Und: „... ich geh noch mal ein bisschen raus", und stapfte in Richtung Westen auf eine freie Wiese.

„So viele unbebaute Flächen muss es früher häufig gegeben haben", überlegte er, „bevor aus Landwirtschaft Urbanwirtschaft wurde und die Bevölkerung noch in verschiedenen Städten lebte, die durch Äcker und sogar Wälder getrennt waren, die nicht nur aus Bambus bestanden." Ein feines zirpendes Geräusch erschreckte ihn. Er blickte zu Boden und entdeckte ein kleines, feingliedriges Geschöpf mit sechs Beinen. Als er sich herunterbeugte und überlegte, wo er solch ein Wesen schon einmal gesehen hatte, und dann spekulierte, dass es ferngesteuert sei, sprang das Geschöpf mit großen Sprüngen vor ihm davon.

„Hüpfer", dachte Skip, „nein, Grashüpfer", sagte er und erinnerte sich an Omas altes Kinderbuch mit zwei Bienen und einem Grashüpfer. Er lief hinter dem Grashüpfer her, fing ihn ein, hob ihn vorsichtig auf seine Hand und betrachtete ihn eingehend, während er langsam weitertrottete. Bis er mit einem Mal vor einer leicht geöffneten Hallentür stand. Er schaute nach links und nach rechts, drehte sich um, und in der Ferne sah er Oma und Ada.

„Ento-Agrar, Block 220", las Skip auf dem Display über der Tür. Er ließ den Grashüpfer wieder auf der Wiese davonhüpfen und ging zögerlich in das Gebäude hinein. In einer riesigen Halle mit warmem gedämpften Licht sah Skip links und rechts Regale stehen, die mehrere Stockwerke hoch waren. Auf den Regalböden befanden sich auf der einen Seite Hunderte von undurchsichtigen Plastikwannen. Auf der anderen Seite standen unzählige Glaskästen, die Gras enthielten. Vor den Regalen liefen langsame Förderbänder. Ein leichtes Surren zog durch die Halle, das er mehr fühlte, als dass er dessen Ursache ausmachen konnte. Mehrere schmale Care-Robots flitzten lautlos links und rechts auf Schienen zwischen den Regalen und Förderbändern entlang durch die Halle.

Skip wurde warm, und er regelte das Mikroklima in seinem Anzug wieder etwas herunter. Seine Haut begann zu jucken. Niemand war zu sehen, dennoch hatte er das Gefühl, beobachtet zu werden. Er ging langsam den Weg weiter durch die Halle und schaute sich um. Auf den Displays der verschiedenen Plastikwannen über ihm im Regal standen Barcodes, und er las *Endoxyla leuco/ Witchetty und Tenebrio molitor/ MeWu*. Links an den Glaskästen mit Gräsern stand *Locusta migratoria*, bei anderen Kästen *Mantis religiosa* auf der Anzeige.

Gerade holte einer der Care-Robots rechts eine undurchsichtige Plastikwanne aus dem Regal und setzte sie auf das rechte Förderband. Das Förderband registrierte das durch die Wanne veränderte Gewicht, beschleunigte sein Tempo und transportierte die Wanne blitzschnell ans Ende der Halle. Skip lief der Wanne hinterher. Am Ende des Förderbands standen drei Riesenbottiche. Ein anderer Care-Robot düste Richtung Wanne und tastete das Objekt mit seinen Sensoren ab. Dann hob er die Wanne vom Förderband hoch und entleerte sie, ohne dass Skip erkennen konnte, was der Inhalt war, durch den Wannenboden in den ersten großen Bottich.

Kurz darauf tauchte ein riesiges Sieb mit der Ladung und abtropfender Flüssigkeit aus dem Bottich auf, das sich dann zu einer weiteren Station drehte, wo die Ladung, die Skip auch jetzt noch nicht erkennen konnte, auf dem Sieb einen Schwall Mehl abbekam. Danach wurde das Ganze auf einer dritten Station unter sich schnell schließenden Deckeln in einen Topf mit heißem Öl getaucht.

Als Skip hörte, wie die Ladung zischend im heißen Fett versank, zog sich sein Magen zusammen. Er drehte um und ging eilig den Weg zurück in Richtung Ausgang.

Eine schlagende Tür schreckte ihn auf. Rotter! Skip sah Rotter in seinem roten Anzug am anderen Ende des Ganges. Er kam direkt auf ihn zu. Die Förderbänder links und rechts versperrten Skip den Weg, um sich unter den untersten Regalböden zu verstecken. Einen weiteren Ausgang hatte er nirgendwo gesehen. Skip ging betont langsam Richtung Ausgang und hoffte, dass Rotter ihn in dem gedämpften Licht vielleicht nicht gesehen hatte.

Rotter kam sehr schnell auf ihn zu. „Na, Kleiner, was machst du denn hier?"

„Äh, ich wollte nur mal gucken …", antwortete Skip.

Rotter schubste Skip und stieß ihn vor sich her. „Ja und, was siehst du?"

„Das ist ein Hochregallager", stotterte Skip.

„Das sehe ich auch …", sagte Rotter, „… aber was lagern die hier, du Klugscheißer, was heißt *M-a-n-t-i-s- r-e-l-i-g-i-o-s-a* und was heißt *T-e-n-e-b-r-i-o m-o-l-i-t-o-r*?"

„Weiß ich auch nicht."

Rotter schubste ihn wieder, und Skip fiel zu Boden.

„Das werden wir ja sehen. Du machst das auf", befahl Rotter und gab dem am Boden liegenden Skip einen *Mantis-religiosa*-Glaskasten aus dem Regal. Dann holte er mit einer ausladenden Handbewegung eine mit *Tenebrio molitor* beschriftete Wanne aus dem anderen Regal herunter und öffnete den Deckel. Rotter schrie auf, machte einen Satz nach hinten, und die Wanne fiel aus seinen Händen. Eine fleischige Masse quoll auf den Boden.

Hektisch warf Skip seinen Glaskasten zur Seite und rutschte auf dem Hosenboden rückwärts, um dem wimmelnden Haufen Tausender Mehlwürmer zu entkommen. Gleichzeitig begann sich das Gras in dem Glaskasten zu bewegen. Zahlreiche fingergroße Gottesanbeterinnen mit dreieckigen Köpfen begannen, aus dem Kasten heraus auf den Weg zu schreiten, während Rotter zwischen den Würmern herumhüpfte, schrie, das Gleichgewicht verlor und auf das nebenstehende Förderband stürzte. Prompt reagierte das Förderband auf das veränderte Gewicht, beschleunigte sein Tempo und transportierte Rotter blitzschnell ans Ende der Halle.

„Oh nein", schrie Skip, als er, noch immer auf dem Fußboden sitzend, sah, wie der Care-Robot am Hallenende jetzt den strampelnden Rotter mit seinen Sensoren abtastete, ihn vom Förderband hochhob und in den ersten großen Bottich fallen ließ.

Skip rappelte sich auf, scheuchte die stolzierenden Riesenheuschrecken weg und versuchte, zwischen den herumwuselnden Würmern Fuß zu fassen, rutschte aber immer wieder aus.

Am Ende der Halle tauchte Rotter, tropfend und nach Luft schnappend, auf dem riesigen Sieb auf, das sich dann zur nächsten Station drehte, wo Rotter auf dem Sieb eine Dusche von Mehl abbekam.

Gerade als das Sieb zur Seite drehte, um über der dritten Station zu stoppen und mit seiner Ladung in den Fettbottich abzutauchen, kamen mehrere Leute in die Halle gerannt. Angelockt von Skips und Rotters Geschrei, sprangen Oma, Ada und Mang Tissler über die Würmer und liefen an Heuschrecken vorbei zu Skip, der nur noch kraftlos auf Rotter zeigen konnte. Mang Tissler stürzte auf einen Notfallknopf zu und stellte sofort die Automatik aus. Gerade als der in Mehl gehüllte Rotter schlotternd über dem siedend heißen Fettbottich hing, ließ Tissler mit manueller Steuerung das Sieb über dem Bottich abdrehen, senkte es seitlich ab, und Rotter konnte paniert wieder auf den Boden zurückkehren. Oma strich dem völlig aufgelösten Skip übers Haar. Als Rotter mit gesenkten Schultern und hängendem Kopf, eine Mehlwolke hinter sich herziehend, an ihnen vorbeischlurfte, kommentierte Oma: „Da fehlt jetzt nur noch der Ginseng-Curry Dip."

Zum zerknirschten Skip gewandt, sagte Oma: „Das ist ja noch mal gut gegangen", und Ada spendierte ihm aus der Bonbon-Manufaktur einen gelben *Mantis*-Zuckerlutscher, aus dem heraus ihn ein kleiner grüner Grashüpfer ansah.

2084

Tanja Domeyer

Große, schwere Tropfen trommelten gegen das Fenster. Mia hatte den Kopf gegen den Rahmen gelehnt und beobachtete mit gerunzelter Stirn, wie das Wasser die Scheiben hinunterlief und die Welt, die draußen im gleichmäßigen Rattern des Zuges vorbeiglitt, hinter einem nassen Schleier verbarg.

Ab und zu hielt der Zug an schäbigen Dörfern, die, je weiter Mia in Richtung Norden fuhr, immer verlassener wirkten. Nach dem nächsten Halt kam jemand in ihr Abteil, verstaute sein Gepäck oben in der Ablage und ließ sich auf dem Platz gegenüber von ihr nieder. Mia setzte sich auf und versuchte unauffällig, sich die Haare glatt zu streichen. Der Junge, der vor ihr auf dem zerschlissenen Polster saß, war groß, dunkelhaarig und zwei oder drei Jahre älter als sie. Und er lächelte sie an.

„Hi, ich bin Ben."

„Ich heiße Mia", stellte sie sich vor und schüttelte die ihr dargebotene Hand.

„Du bist nicht von hier, oder?" Neugierig musterte der Junge sie.

„Nein", sie schüttelte den Kopf, „ich komme aus München. Ich besuche meinen Großvater, weil meine Mutter den ganzen Sommer über arbeiten muss und deshalb keine Zeit für mich hat ..." Sie zuckte die Achseln und schaute wieder aus dem Fenster.

Ben schwieg einen Moment.

„Und was macht dein Großvater so?", fragte er nach einer kleinen Weile.

„Er ist Hydroagrartechniker in Nordfriesland", erklärte Mia und schaute ihn wieder an.

„Echt?" Seine Augen leuchteten auf. „Ich mache gerade eine Ausbildung als Hydroagrartechniker in Nordfriesland, vielleicht treffen wir uns ja mal!"

Mia war einen Moment lang verblüfft, dann breitete sich ein Lächeln auf ihrem Gesicht aus. Vielleicht würden die Ferien doch nicht so langweilig werden, wie sie erwartet hatte.

Der Zug hielt an einem winzigen Bahnhof, der nur aus zwei Gleisen und einem heruntergekommenen Wartehäuschen bestand. Mia und Ben stiegen gemeinsam aus. Im Laufe ihres Gesprächs hatte sich herausgestellt, dass es Mias Großvater war, der sich als Hauptverantwortlicher um Bens Ausbildung kümmerte. Ben arbeitete nun schon seit fast einem Jahr dort und kam heute vom Urlaub bei seiner Familie zurück.

Der starke Regen hatte inzwischen aufgehört. Stattdessen hing nebliger Dunst in der Luft. Mias Großvater hatte schon gewartet und kam ihnen lächelnd entgegen.

„Manche Dinge ändern sich nie", grinste er, während er Mia umarmte und Ben mit Handschlag begrüßte. „Die Bahn war auch in meiner Jugend unpünktlich!"

Sie verließen den Bahnhof, und Mia schaute sich neugierig um. Großvater hatte sie und ihre Mutter mehrmals in München besucht, aber sie war noch nie hier in Nordfriesland gewesen. Allerdings gab es nicht besonders viel zu sehen; nur eine Handvoll Häuser, die sich hinter einen Deich duckten, und eine schmale Schotterstraße.

„Hast du kein Auto, Großvater?"

„Nein", er schüttelte den Kopf. „Das würde mir hier aber auch nicht viel nützen."

Nach fünf Minuten Fußmarsch erreichten sie einen winzigen Hafen, in dem drei kleine Motorboote vertäut lagen. Großvater zeigte auf das kleinste davon.

„Das ist meins."

Er verstaute Mias und Bens Gepäck und warf den Motor an. Mia klammerte sich an die Reling, doch nach wenigen Minuten Fahrt hatte sie ihre Unsicherheit abgelegt und genoss den Fahrtwind, der ihre Haare nach hinten wehen ließ und den salzigen Geruch des Meeres herantrug.

Großvater drehte sich lächelnd zu ihr um.

„Was hältst du von einer kleinen Rundführung?", rief er über den Motorlärm hinweg. „Oder möchtest du lieber erst dein Gepäck ins

Gästezimmer räumen und dich von der Reise ein bisschen ausruhen?"

Mia schüttelte den Kopf. „Eine Rundführung klingt super."

Allerdings war sie sich nicht ganz sicher, was sie sich ansehen sollte – soweit sie in dem dichten nebligen Dunst, der vom Wasser in die schwülwarme Luft aufstieg, erkennen konnte, waren um sie herum nur die sanften Wellen des Meeres zu sehen. Doch nach wenigen Minuten Fahrt blies eine kräftige Brise den Nebel fort, und sie konnte in der Ferne mehrere Dutzend große grüne Türme erkennen, die mitten auf dem Wasser zu stehen schienen.

„Das sind die Hydroagrartürme. Sie schwimmen auf riesigen runden Flößen", erklärte Ben, der ihren überraschten Blick bemerkt hatte.

Je näher sie kamen, desto mehr Türme zählte Mia. Es mussten an die hundert sein, die, jeweils mit zwei- oder dreihundert Metern Abstand zueinander, auf dem Meer trieben und sich langsam drehten.

„Warum sind sie hier mitten ins Meer gebaut worden?", fragte Mia und drehte sich dabei zu ihrem Großvater um.

„Dieses Gebiet hier war nicht immer Teil des Meeres", erklärte der Großvater. „Erst als mit dem Klimawandel die großen Überschwemmungen einsetzten, wurde es überflutet. Und weil dadurch sehr viel Land untergegangen ist, hat man vor zwanzig Jahren angefangen, Alternativen zu entwickeln, um trotzdem Nahrungsmittel anbauen zu können."

Ben nickte eifrig und übernahm das Erklären. „Diese Türme sind das Resultat der Forschungen: Vertikale Landwirtschaft. Statt ein Feld zu bewirtschaften, pflanzt man die Nahrungsmittel in mehreren Ebenen übereinander an. Und weil die Flöße, auf denen die Türme stehen, sich drehen, bekommen alle Pflanzen genug Licht ab." Mia lauschte gebannt. Sie hatte sich nie dafür interessiert, womit genau ihr Großvater arbeitete. Jetzt bereute sie es, nie nachgefragt zu haben, was ein Hydroagrartechniker eigentlich machte. Sie kam sich neben Ben, der in seinen ersten Ausbildungsmonaten offenbar schon viel gelernt hatte, unwissend und ahnungslos vor. Diesem schien das Erläutern der Anlagen jedoch viel Spaß zu machen, denn er redete ununterbrochen weiter.

„Dass die Türme auf Flößen statt auf Plattformen gebaut sind, hat gleich mehrere Vorteile. Zum einen lassen sie sich so sehr leicht drehen, zum anderen werden sie nicht überflutet, wenn der Meeresspiegel weiter steigt."

Das Motorboot hatte inzwischen einen der Türme erreicht, und Großvater steuerte es an einen Anlegesteg am Rand des Floßes. Mia legte den Kopf in den Nacken und staunte. Der Turm war riesig, wie ein Wolkenkratzer.

„Von oben hat man einen super Ausblick", grinste Ben, der sie beobachtet hatte.

Gemeinsam gingen sie auf einen Eingang zu. Die Wände des Turmes waren nicht grün, wie Mia aus der Ferne vermutet hatte, sondern aus durchsichtigem Glas, das von dicken Stahlstreben gehalten wurde. Durch dieses Glas konnte man die grünen Pflanzen im Innern sehen.

Mias Großvater holte einen Schlüssel aus der Hosentasche und schloss die Tür auf. Sie hatte die Größe einer gewöhnlichen Hauseingangstür, aber im Verhältnis zu diesem riesigen Turm wirkte sie winzig klein.

Hinter der Tür begann ein schmaler Steg, der zwischen den in ordentlichen Reihen wachsenden Pflanzen hindurch in die Mitte des Turmes führte.

„Das sind Gurkenpflanzen", erklärte Großvater, während sie hintereinander entlanggingen. „Die wachsen in den Hydroagrartürmen besonders gut."

Mia fiel auf, dass die Pflanzen nicht in Erde wuchsen, sondern dass ihre Wurzeln stattdessen in langen, mit fließendem Wasser gefüllten Rinnen steckten.

Als sie danach fragte, setzte Ben sofort zu einer Erklärung an. „Die Pflanzen brauchen keine Erde, sie bekommen alles, was sie brauchen, über das Wasser, das eine Lösung mit allen notwendigen Nährstoffen enthält."

Beeindruckt betrachtete Mia die Konstruktion. Als sie den Kopf in den Nacken legte, konnte sie auch die darüberliegenden Stockwerke sehen, denn die Decken und Böden der verschiedenen Ebenen waren ebenfalls aus Glas und Stahlstreben konstruiert.

„Dadurch wird die Lichtzufuhr erhöht", erläuterte Ben, der hinter ihr ging und ihren Blick bemerkt hatte.

Sie erreichten die Mitte des Turmes, wo sich ein drei Meter breiter Stahl- und Glas-Zylinder durch den gesamten Turm nach oben streckte. Großvater öffnete eine Tür, und Mia erkannte, dass sich darin ein Fahrstuhl verbarg. Sie stiegen ein, und Ben drückte auf den obersten Knopf.

Als sie den Fahrstuhl verließen, pfiff ihnen ein starker Wind um die Ohren. Mia sah sich um. Hier oben, auf dem flachen Dach des Turmes, gab es keine Pflanzen. Ein Geländer aus Metall führte einmal um die große Fläche herum, die abgesehen von dem obersten Endes des Fahrstuhlzylinders vollkommen leer war. Sie gingen an den Rand des Daches. Vor ihnen erstreckte sich kilometerweit das Meer, das übersät war mit hunderten runden Landwirtschaftstürmen.

Mia warf ihrem Großvater einen Blick zu. Er schaute in die Ferne, aber es sah nicht so aus, als würde er das Meer und die Türme wirklich sehen.

„Weißt du, Mia", sagte er leise, „in meiner Kindheit waren hier weite Felder mit Mais, Raps, Weizen, Roggen ... Ich bin als kleiner Junge oft barfuß über die warme Erde gelaufen und hab meinem Vater nachgeschaut, wenn er mit dem Traktor losfuhr ..."

Ben unterbrach ihn. „Aber inzwischen hat sich die Landwirtschaft enorm weiterentwickelt. Und durch die vertikale Anbaumethode ist sie jetzt viel effizienter!"

Er lächelte enthusiastisch auf die Türme hinab, Mia jedoch beobachtete weiter ihren Großvater. Dieser seufzte.

„Ja, ja", murmelte er ohne Begeisterung. „Schönes, neues Landleben."

Musical Farm

Birgit Ebbert

Carla, die Drummerin der *Vegetables*, gibt noch einmal alles. Der Chief hat ihnen eingebläut, in Gewächshaus C die Drums besonders zum Einsatz zu bringen. „Der Grünkohl liebt deine Drums. Wir haben festgestellt, dass seine Blätter besonders kraus und schmackhaft werden, wenn die Pflanzen jeden Tag ihre Dosis Schlagzeug abbekommen", hatte der Chief erklärt. Das musste er Carla nicht zweimal sagen, zumal sie in Gewächshaus G immer nur zusehen durfte. Die zarten Spinatpflänzchen dort schienen bei dem kleinsten Beat in sich zusammenzufallen. Selbst ihr Freund Mike am Bass musste sich zurückhalten. Meist spielte nur Laylay am Keyboard eine einfache Melodie, die jeder auch auf der Blockflöte hinbekommen hätte.

Mit geschlossenen Augen schlug Carla auf ihre Toms ein. Endlich konnte sie ihre Wut ablassen. Ausgerechnet als sie losfahren wollten, hatte das Bandauto einen Platten. Fast wären sie zu spät zu ihrem Gig gekommen. Sie mochte gar nicht daran denken, was dann passiert wäre. Der Chief predigte ihnen ständig, wie wichtig es war, dass jedes Gemüse zum immer gleichen Zeitpunkt seinen musikalischen Dünger bekam, wie er das nannte.

Der Chief war früher selbst Bandleader gewesen, deswegen nannten ihn alle Chief statt Farmer oder LW für Landwirt, wie die anderen Bauern genannt wurden. Irgendwann hatte er die Idee gehabt: Wenn Musik Menschen hilft, warum nicht auch Pflanzen? Heimlich hatte er den Tomaten auf seinem Balkon jeden Tag etwas auf dem Keyboard vorgespielt. Zum Erstaunen aller waren die Tomaten von einem besonderen Rot und außerordentlich schmackhaft.

Von da an war es nur noch ein kleiner Schritt, aber viel Arbeit bis zur riesigen Musical Farm, die der Chief heute leitete und mit dessen Gemüse er sämtliche Bioläden und Sternerestaurants im Umkreis von zweihundert Kilometern belieferte.

„Wenn ich eine Tomate von der Musical Farm esse, spüre ich die Musik in meinem Blut", behaupteten die Leute. Und es war auch Carlas Musik, besser gesagt, die ihrer Band, die den Leuten ins Blut ging.

Carla ging noch zur Schule, zum Glück musste sie anders als ihre Großeltern dafür nicht mehr aus dem Haus gehen. Die Schule kam über das Internet und den Computer zu ihr nach Hause. Daher konnte sie problemlos zwischendurch auf der Musical Farm etwas Geld verdienen. Als sie klein war, hatte sie oft keine Lust gehabt, Schlagzeug zu üben, vor allem das Üben der Rudiments auf dem Tisch hatte sie gehasst. Heute war sie froh, dass sie dadurch diesen Traumjob bekommen hatte und nicht wie die anderen ihr Taschengeld in einem Callcenter verdienen musste.

Zusammen mit ihren Freunden, dem Keyboarder Laylay und dem Bassisten Mike, der Computerprogramme entwickelte, bildete Carla die Band *The Vegetables*. Den Namen hatte der Chief ihnen gegeben, aber Carla fand ihn cool. Irgendwie fühlte sie sich wie ein Gemüse auf dem Teller, wenn sie auf einer der Bühnen stand, die den Mittelpunkt jedes Gewächshauses bildete. Eine runde Bühne, die so hoch war, dass ihre Musik von oben auf die Pflanzen rieseln konnte, wie das Wasser, das aus feinen Zerstäubern zu bestimmten Zeiten verteilt wurde, oder das Sonnenlicht und die Luft, die vom Dach des Gewächshauses so gefiltert wurden, dass alle Schadstoffe draußen blieben.

Carla trommelte noch einmal in einem atemberaubenden Tempo auf ihre Drums, leise hörte sie den Bass und das Keyboard im Hintergrund, und da war noch etwas anderes. Die Stimme vom Chief drang nur langsam an ihr Ohr, und es dauerte noch mal so lange, bis das, was er sagte, in ihrem Kopf ankam. „Stopp! Was zum Teufel macht ihr hier? Seht ihr nicht, wie die Spinatpflanzen zusammenfallen? Ich habe euch immer wieder gesagt: keine Drums im Spinathaus!"

Verblüfft ließ Carla die Sticks fallen, sie gaben einen letzten schrillen Ton von sich, als sie im Fall die Hi-Hat berührten. Dieser Ton holte Carla endgültig aus dem Rausch, in den sie sich gespielt hatte.

„Du hast gesagt, der Grünkohl kann nicht genug von meinen Drums bekommen", verteidigte sie sich und sah Laylay und Mike an. Mike ließ seinen Bass sinken und nickte. Laylay nahm die Finger von den Tasten und lehnte sich zurück. „Haus C heißt laute Mucke!", fasste er den Auftrag zusammen.

„Ihr seid hier aber in Haus G", brüllte der Chief, und sein Gesicht lief rot an.

„An der Tür steht groß C", unterbrach Carla den Chief. Sie erhob sich von ihrem Hocker und stand nun wie eine Riesin über dem Chief, der unten am Bühnenrand neben kleinen grünen Pflanzen stand, die wirklich ziemlich traurig aussahen.

„An der Tür steht G", widersprach der Chief, „guckt euch das doch selbst an. Ihr habt die Arbeit des ganzen Jahres zerstört, ist euch das eigentlich klar? Ihr werdet für den Schaden aufkommen, das sage ich euch."

Diese Drohung bewirkte, dass nun auch Laylay und Mike genauer hinhörten. „Als wir kamen, stand an der Tür C", sagte Laylay und stellte sich mit seinen zwei Metern neben Carla. „Genau, ich habe extra noch auf das Schild geguckt!", unterstützte Mike seine Freunde.

„Bitte! Seht selbst nach!", forderte der Chief die drei auf. Achselzuckend ging Carla zur Treppe. Zusammen mit Mike und Laylay folgte sie dem Chief bis zu der Tür, durch die sie vor zwei Stunden gekommen waren. Auf einem kleinen Wagen hatte Carla ihr Schlagzeug hinter sich hergezogen. Normalerweise stand es auf der Bühne im Gewächshaus mit dem Grünkohl. Aber am Tag zuvor hatten sie einen Auftritt gehabt, deswegen hatte sie es am Morgen mühsam mit dem Bandbus zum Gewächshaus fahren und aufbauen müssen. Das bedeutete nicht nur Arbeit, sondern auch, dass sie um fünf Uhr aufstehen musste, um pünktlich zu spielen.

Fassungslos standen *The Vegetables* und der Chief vor der Tür des Gewächshauses. Auf dem Schild stand eindeutig „G" und nicht „C".

„Das gibt's doch nicht!", Carla starrte den Buchstaben an. „Ich weiß genau, dass hier eben noch C stand."

„Das Schild ist schief", meldete sich Laylay mit der tiefen, weichen Stimme, die der Grund dafür war, warum er in ihrer Band nicht nur Keyboard spielte, sondern auch sang.

„Das war vorher nicht, das weiß ich genau", bemerkte Mike. Carla grinste. Mike konnte es nicht leiden, wenn etwas schief hing oder unordentlich herumlag. Ihre Mutter hielt ihr jeden zweiten Tag vor, dass ihr Zimmer doch auch so aussehen könnte wie das von Mike. Da hatte jedes Ding seinen festen Platz, und wehe, es lag nicht an seinem Platz oder womöglich schief. Dann flippte Mike aus.

„Du hast recht", stimmte auch der Chief zu, „unsere Schilder hängen immer gerade, die Qualitätsmanager achten auf solche Kleinigkeiten."

„Glaubst du, dass jemand absichtlich die Schilder vertauscht hat?" Carla sah den Chief ungläubig an. „Was soll das denn?"

Der Chief dachte kurz nach. „Mmh, gerade läuft die neue Ausschreibung eines Bio-Discounters für Spinat. Bisher habe ich den Auftrag immer bekommen, weil die Leute bei mir nicht nur gute Qualität, sondern auch einen guten Preis bekommen."

„Du meinst, einer deiner Konkurrenten hat das gemacht?" Laylay schüttelte ungläubig den Kopf.

Der Chief zog die Schultern hoch. „Möglich ist heutzutage alles. Jeder kämpft nur noch für sich, die Konkurrenz ist groß."

„Ist dir so etwas schon mal passiert?", wollte Mike wissen.

„Bisher noch nicht", antwortete der Chief, „ich weiß aber, dass es schon Anschläge auf andere Höfe gab."

Mike wollte gerade das Schild anfassen, als Carla rief: „Nicht! Da müssen doch Fingerabdrücke drauf sein."

Mike grinste. „Genau", gab er zurück, „und die checke ich jetzt in der Identitätsdatenbank. Du weißt doch, seit kurzem gibt es von jedem alle Daten und einen Daumenabdruck im Internet."

„Erinnere mich bloß nicht daran", knurrte der Chief, „jahrelang haben wir für den Datenschutz gekämpft, und dann so etwas."

Mike grinste. „Wieso, das ist doch cool. Vielleicht haben wir Glück, und auf dem Schild ist auch ein Daumenabdruck." Er fasste das Schild vorsichtig an einer Ecke an und wollte es gerade von der Tür nehmen, da rief Laylay: „Halt!"

Seine Freunde und der Chief sahen ihn an. „Das Schild hängt tiefer als sonst", erklärte Laylay. „Sonst musste ich immer nach unten gucken, um das Schild zu lesen."

Carla sah von Laylay zu dem Schild. Laylay hatte recht. Das Schild befand sich auf der Höhe seines Kopfes. Sie war nur 1,75 Meter groß und musste den Kopf in den Nacken legen, um das Schild gut lesen zu können. Bisher war der Buchstabe des Gewächshauses immer auf ihrer Augenhöhe gewesen.

„Und was bedeutet das?" Der Chief sah Laylay und Carla fragend an.

„Daraus können wir die Körpergröße des Täters berechnen", gab Laylay zurück. Carla grinste und fügte hinzu: „Wir haben nämlich nicht nur Deutsch, Mathe und so in der Schule, sondern auch noch Krivo. Eigentlich heißt das Kriminalitätsvorbeugung, und da lernen wir, wie man Fingerabdrücke auf Papier mit denen im Computer vergleicht und eben die Größe eines Täters nach bestimmten Kriterien berechnet."

Der Chief schüttelte den Kopf. „Was es alles gibt! Und was soll das bringen? Ihr könnt ja nicht alle Polizei spielen!"

„Die meisten haben auch keine Lust dazu, das ist eben wieder ein Schulfach, bei dem wir am Ende des Jahres eine bestimmte Punktzahl haben müssen", stimmte Carla zu. „Aber wer weiß, wie leicht man erwischt werden kann, wird vielleicht nicht so schnell kriminell."

„Da ist was dran", nickte der Chief nachdenklich, „außerdem könnt ihr jetzt herausfinden, wer meine Arbeit sabotiert."

„Gutes Stichwort", mischte sich Mike ein. „Kann ich jetzt endlich an meinen PC? Ihr könnt auch ohne mich weiterspielen", sagte er und ging auf den Bandbus zu, der noch vor dem Gewächshaus stand.

„Ich komme mit." Carla folgte Mike, doch der Chief hielt sie zurück. „Und der Grünkohl? Der wartet auf seinen musikalischen Dünger!"

Carla verdrehte die Augen. Viel lieber hätte sie zugesehen, wie Mike die Fingerabdrücke mit der Datenbank abglich.

Enttäuscht sah Carla, wie Mike im Bandbus verschwand. Als echter Computerfreak hatte er seinen PC samt Scanner-Drucker-Kombi immer dabei. Sie ließ ihren Tablet-PC gerne zu Hause, damit ihre Mutter nicht verfolgen konnte, wo sie gerade war. Manchmal fand sie diese Pflichteinstellung am PC, die den Eltern anzeigte, wo man sich gerade befand, sehr unpraktisch. Eltern mussten auch im Jahr 2084 nicht alles wissen.

„Komm, Carla!", Laylay hatte bereits Carlas Schlagzeug und sein Keyboard auf den kleinen Wagen geladen. Der Chief ging ihnen zum Gewächshaus mit dem Grünkohl voran.

Als sie das Gewächshaus betraten, staunten Carla und Laylay nicht schlecht. Der Grünkohl wirkte müde und blass, gar nicht so kraus, lebendig und strahlend wie sonst.

„Beeilt euch", trieb der Chief sie an und half Carla sogar beim Aufbau des Schlagzeugs. „Ihr seht ja, was passiert, wenn die Pflanzen ihren musikalischen Dünger nicht pünktlich bekommen."

Carla hätte niemals gedacht, dass es solche Auswirkungen haben könnte, wenn sie nicht pünktlich mit ihren Drums erschien. Sie beeilte sich, die Toms auf der Basedrum zu platzieren, schob die Floor Tom an ihren Platz und begann mit den ersten Beats, während der Chief die Becken aufbaute.

Carla gab alles. Nach einer halben Stunde stand ihr der Schweiß auf der Stirn. Die Grünkohlpflanzen wirkten bereits frischer, fast so, als hätten sie einen Regenguss abbekommen, was undenkbar war. In der modernen Landwirtschaft erfolgte alles nach Plan. Die Luft und das Wasser, die die Pflanzen bekamen, die Musik und selbst das Sonnenlicht, das durch das Dach gedämmt werden konnte wie bei ihrer Oma das Licht der Stehlampe, wurden durch einen Computer berechnet.

„Das reicht!“, rief der Chief schließlich. Er stand neben dem Computer, der genau anzeigte, welche Nährstoffe die Pflanze gerade benötigte.

„Ich hab ihn!“ Gerade als Carla die Sticks beiseitelegte, stürmte Mike in das Gewächshaus.

„Kennst du den?“ Mike zeigte dem Chief ein Bild.

„Benno Jetzorn“, sagte er.

„Er ist Mitarbeiter auf dem Hof *Fast Growing*. Am Rand des Schildes gab es einen wunderschönen Daumenabdruck, den ich ziemlich schnell zuordnen konnte.“

Der Chief sah Mike bewundernd an. „Was du alles kannst! Wahnsinn!“

Mike grinste zufrieden. „Es hat nur deshalb so lange gedauert, weil ich auch noch die Größe des möglichen Täters bestimmt habe. Da gibt es eine Formel, mit der man die ermitteln kann. Und: Das Ergebnis passt ziemlich genau zu Benno Jetzorns Größe. Ich habe eine ungefähre Größe von 1,87 Metern ermittelt, und Benno Jetzorn ist 1,85.“

Der Chief war überwältigt von den technischen Möglichkeiten, das sah Carla ihm an. Sie grinste, denn Mike machte nichts anderes als der Chief mit seinen Computern, er gab Daten ein, wertete sie aus und zog Schlüsse daraus. Genau das tat der Chief auch, wenn er die genaue Musikdosis errechnete oder die Sonnendurchlässigkeit des Gewächshausdaches regelte.

„Wir sollten gleich die Polizei informieren“, schlug Carla vor.

Der Chief schüttelte den Kopf. „Ich würde die Angelegenheit lieber auf meine Art regeln“, erklärte er.

Carla, Laylay und Mike sahen ihn fragend an. Der Chief grinste sie nur tiefgründig an und verließ das Gewächshaus. Wenig später kam er zurück. „Kennt ihr einen guten Geiger?“, fragte er.

„Bist du mit uns nicht mehr zufrieden?“, fragte Laylay beleidigt.

Der Chief lachte. „Nein, nein! Ich habe mit Lutz Mühlkamp, dem Chef von Benno Jetzorn, einen Deal gemacht. Ich übernehme sein Spinat-Gewächshaus bis zur Ernte und zeige ihn nicht an.“

Carla zog die Stirn kraus. Das passte ihr gar nicht. Doch der Chief erklärte: „Wenn ich Jetzorn anzeige, wird er verhaftet, und ich habe den Verdienstausfall. Bis geklärt ist, ob ich Schadensersatz bekomme, dauert es ewig. Mit meiner Lösung habe ich keinen oder doch kaum einen Verlust."

Carla guckte noch immer skeptisch. Verstehen konnte sie den Chief schon. Der Geiger fiel ihr ein. „Und wozu brauchst du einen Geiger?"

Der Chief lachte. „Na, der darf den Spinat ein paar Stunden am Tag mit seiner Musik düngen, zunächst leichte Kinderlieder und dann immer schwerere Stücke. Ich wette mit euch, dass ich die Spinatpflanzen bis zur Ernte richtig gut hochpäppeln werde. Mit der richtigen Musik wachsen nämlich auch Pflanzen besser, das habt ihr ja gerade selbst erlebt."

Hunger

Adele Gerdes

„Guten Morgen, liebe Hörer. Es ist Dienstag, der 4. August 2009."

Ich war eingedöst. Das Radio weckte mich und machte mir die Sachlage noch einmal klar: Es waren Sommerferien, die Augusthitze flirrte unter knallblauem Himmel, und alle tummelten sich an südlichen Stränden. Alle außer mir. Statt am Beach von Ibiza einer Bikinischönheit den Rücken einzucremen, hatte ich ein Date mit einem Fünfundsiebzigjährigen! Mit meinem Großvater. Bei dem Wort „Großvater" denkt man ja vielleicht an einen dieser weißhaarigen gebeugten Opis, die womöglich ein bisschen gaga die Zeit totschlagen. Nein, mein Großvater war anders: groß und gebieterisch. REICH und MÄCHTIG. Meine Mutter sprach das genau so aus: in Großbuchstaben. „Holding" hieß das Wort, das sie außerdem gebraucht hatte. Ich würde seinen Reichtum und seine Macht eines Tages erben. Deshalb stand ich nun in diesem Interregio.

„REICH und MÄCHTIG ist dein Großvater geworden und dabei ein guter Mensch geblieben", hatte meine Mutter noch gestern Abend gesagt. „Er tut etwas gegen den Hunger in der Welt."

Das war irgendwie seltsam, das Gefühl, hier auszusteigen, an diesem kleinen Bahnhof gegenüber einer Kneipe, und viel mehr war da erst mal nicht. Hunger hatte ich auch. Aber es war fast schon ein gutes Gefühl, weil hier meine Zukunft lag. Schulabschluss und dann raus aufs Land, wo du genug Geld machst, um jedes Wochenende nach Ibiza einzufliegen, wenn es sein muss. Genug Geld für „Ponyhof und Partysession", wie mein Kumpel Mats immer sagte. Und mit einem Australian Shepherd, so einen Hund hätte ich verdammt gerne gehabt. Bei diesem Gedanken hob sich meine Stimmung noch ein bisschen mehr.

Vor dem Bahnhof sah man die Schlusslichter eines Busses und ein einsames Taxi. Der Typ darin, der mich an meinen Vater erinnerte, mit Zopffrisur und Ziggy-Stardust aus dem CD-Player, fragte mich.

„Na, wo soll's denn hingehen?" Ich hielt ihm die Visitenkarte hin, und der David-Bowie-Fan pfiff durch die Zähne.

„Zum Baron! Halbe Stunde Fahrt schätzungsweise. Mach's dir bequem."

Ich stieg ein, ließ mich in die Wagenpolster zurücksinken und fühlte mich erleichtert. Ich war also so gut wie angekommen. Das Timing stimmte, und bei Licht betrachtet ließ sich der Tag gar nicht mal so schlecht an. Vom Bahnhof Richtung Ortsmitte ging eine Gruppe Mädchen in meinem Alter. Ich drehte mich im Taxi nach ihnen um. Eine mit dunkelrot gefärbtem Haar, einem Augenbrauen-Piercing und einem Tattoo auf der linken Schulter, das gut zu erkennen war, weil sie über ihren Jeans nur ein Sporttop trug. Eine Isomatte hielt sie unter dem Arm geklemmt. „Freibad", dachte ich und konnte den Blick nicht von ihr lösen. Und sie hob den Kopf, als ahnte sie etwas, sah mich direkt an und nickte leicht.

„Gibt's hier ein Freibad?", fragte ich den Fahrer.

„Ja", antwortete der. „Aber wenn du wegen Lea fragst ...", er nickte Richtung Mädchen, „... die geht zum Nature Camp. Kommen wir gleich dran vorbei."

Das wurde ja immer besser. Und so, in diesem Taxi mit Klimaanlage und Panoramablick, versöhnte ich mich mit meinem Schicksal. Wenn man raussah, rechts und links von der Bundesstraße, war alles grün. Das war mir schon im Zug aufgefallen, und es war wirklich – na ja, relaxed. Dann erreichten wir den Ortsrand, und danach wurde es noch grüner und einsam, endgültig wie Ferien. Rechts runter zeigte der Taxifahrer irgendwann in einen Feldweg. „Da ist das Camp."

„Nichts wie hin", dachte ich und sah das Mädchen mit dem roten Haar und dem Tattoo vor mir. Aber mehr als Bäume und Sonnenlicht sah man da nicht. Ich döste ein bisschen vor mich hin, drehte den MP3-Player auf, spürte ein laues Lüftchen und phantasierte rotes Haar vor blauem Himmel, und Hände, die Sonnencreme auf meinem Bauch verschmierten ... Nirgends kann ich besser dösen als in einem fahrenden Untersatz, im Bus, im Auto ... wenn mich nur irgendwer irgendwohin fährt, döse ich. Und wenn man mich lässt, schlafe ich ein und träume süß ...

„Da wären wir!" Das ist der Satz, den Schläfer wie ich hassen. Er bedeutet: Augen auf, Sachen zusammensuchen, Haltung annehmen. Und in diesem Fall: Taxifahrer bezahlen und den REICHEN und MÄCHTIGEN aufsuchen. Ich war noch nicht ganz wach, als das Taxi wieder wegfuhr und mich zurückließ, aber was ich sah, hätte ich im Leben nicht erwartet. Eine parkähnliche Auffahrt, ein Haus wie ein Schloss. Dienstboten, und dann mein Großvater, der zwar keinen Tag jünger aussah als 75, aber groß und gebieterisch und nach Macht und Geld. Mittagessen stand auf dem Plan, und wir beide aßen in einem riesigen Speiseraum, sah aus wie in einem Kinofilm, mit Suppe und mehreren Gängen, das war was anderes als mein Lieblingsessen: Hamburger oder „Don't call it Schnitzel" ... Und die ganze Zeit befragte er mich über die Schule. Das war okay, das machen Verwandte dauernd, und mit der Zeit hat man den Bogen ja raus, was man so erzählt und wie. Schwieriger wäre gewesen, er hätte gefragt nach der Family, nach meinem Vater: Der wollte nichts wissen vom REICHEN und MÄCHTIGEN. Mein Vater macht Musik und wird dafür sogar bezahlt, ist aber ansonsten sozusagen für den menschlichen Verzehr ungeeignet. Die entscheidende Triebkraft dafür, dass es uns gibt, mich und meine Schwester, war ganz sicher meine Mutter. Vermutlich hat sie meinen Vater in ihr Bett gezerrt mit dem Versprechen, danach habe er sein Leben lang seine Ruhe. Wie auch immer, nun sind wir also seit 14]ahren auf der Welt, meine Schwester Linda und ich. Und es gibt Tage, da wünsche ich mir, es wäre nicht so. Ich meine, Gesamtschule in Kreuzberg ist schon anstrengend genug ohne eine mimosenhafte Zwillingsschwester an den Hacken ... meine Schwester Linda, die nach Dad kommt: SENSIBEL ist. Was ja zu nichts führt.

Nach dem Essen ist Sightseeing angesagt. Mein Großvater fährt einen riesigen Geländewagen, mit Bullenfänger, Seilwinde und so weiter. Das Verdeck ist offen, die Sonne knallt, er schweigt und ich döse. Da sind Leute auf dem Weg, Großvater nimmt den Fuß vom Gas und bugsiert den Wagen im Schritttempo durch. Er sagt nichts. Ich lass mir einen Zettel geben von einem Typen, der aussieht wie der Zwillingsbruder vom Taxifahrer. Fühlt sich ein bisschen an wie in Berlin an einem Samstag, da bekommt man auch jede Menge Flugblätter in die Hand gedrückt. Dabei hat man doch schon genug damit zu tun, sein ganz normales Leben einigermaßen auf die Reihe zu kriegen.

„Keine Megaställe", steht oben auf dem Flugblatt. Mein Großvater sieht durch die Windschutzscheibe, ohne auf irgendwas Bestimmtes zu schauen, schwer genervt, so was merkt man ja, und sagt: „Panikmache. Sentimentales Geschwätz." Aber da ist etwas an der Art, wie er das sagt, das macht mich wach. Und kann sein, es liegt auch an Lea, jedenfalls lese ich – glaube ich – zum ersten Mal in meinem Leben eines dieser Flugblätter durch.

„1) Massentierhaltung – ruiniert das Grund- und Trinkwasser. In vielen Regionen ist das Grundwasser nicht mehr trinkbar. Außerdem verödet das Grünland, und der Wald stirbt. Massentierhaltung – Hauptursache für das sogenannte zweite Waldsterben und Artensterben. Wir essen unglückliche Tiere, die leiden, körperlich und seelisch, und zerstören damit unsere Erde.

2) Laut Welternährungsorganisation verursacht die Tierhaltung 50 Prozent mehr Treibhausgase als alle Pkw, Lkw, Züge, und Flugzeuge zusammen. Neuere Schätzungen ..."

So ging das weiter. Ich drehte das Flugblatt um. Auf der anderen Seite stand oben auf dem Flugblatt einer meiner Lieblingssätze: Don't call it Schnitzel." Mein Großvater sah noch immer nirgendwohin außer auf die Straße und sagte in einem irgendwie merkwürdigen Ton:

„Realismus! Was meine Holding macht, ist Realismus: Die Produktionskosten werden auf das absolute Minimum gesenkt. So stillen wir den Hunger in der Welt."

Ja, es war wie in Berlin an einem normalen Samstag. Du wirst eingedeckt mit Flugblättern und Parolen, wo du doch echt schon genug zu tun hast mit dem ganz normalen Wahnsinn. Ich schloss die Augen, legte den Kopf in den Nacken und spürte die Sonne auf den Lidern. Da war er wieder, der wundervolle Zustand des Dösens und Einnickens. Ich sah Lea, rote Haare über grünen Augen und das Augenbrauen-Piercing. Sie saß unter einer Girlande, unter einem dieser Bänder, auf denen Geburtstagszahlen oder Jubiläumszahlen stehen: groß und in Gold. Über ihr hing ein Band mit der Zahl 75.

„Weißt du noch?", sagte Lea, „vor 75 Jahren haben wir uns kennen gelernt. Im August 2009." Sie sah aus wie fünfundzwanzig. Und ihre Lippen schmeckten nach Erdbeere, und im Hintergrund erklang Ziggy Stardust. Der Raum war exakt so, wie ich mich einrichten würde, wenn ich reich wäre: eine Matratzenlandschaft in Mitternachtsblau und Schwarz, eine Wand, eine gigantische Kinoleinwand, und wenn man aus den Fenstern sah, sah man Sommer pur: dieses Grasgrün unter dem Knallblau des Himmels. Lea war da, und irgendwie war auch Linda da, mein Schwesterchen, und zu meinen Füßen lag ein Australian Shepherd, und ich dachte: „Cool. Das ist also das Altwerden, ist doch prima!" Dann betrat ER die Szene. Er sah aus wie heute: groß und gebieterisch, und mir wurde klar, dass die Menschheit endlich das Altwerden und Sterben abgeschafft hatte. Keine Falten mehr und keinen Tod! Er sah mich nicht an. Kein Blick! Schnurstracks ging er zum Fenster und riss dort etwas herunter, was aufgeklebt war auf dem Fensterglas: Papier, bedruckt mit dem Knallblau des Himmels und dem Grasgrün der Felder. Laut und schulmeisterlich sagte er:

„Sentimentaler Quatsch", während er Papierfetzen von den Fensterflächen riss. Jetzt sah ich es erst: Das war eine Fototapete. In Fetzen fiel sie zu Boden. Neugierig stand ich auf. Was mich interessierte, war, wie es hinter der Fototapete aussah: Was denn nun wirklich dort draußen war. Gerade wollte ich los zum Fenster, da umklammerte Lea meine Hand.

„Nicht, lass das besser", sagte sie und versuchte, mich zurückzuhalten. Aber ich stieß sie weg, und sie fiel zu Boden. „Sorry", sagte ich, „aber ich muss mal kurz rausgucken, du weißt doch, meine Neugierde!"

„Nein, Larry!", rief Lea noch mal, aber da war ich schon am Fenster ...

Es gibt diesen Moment im Traum, wo du hoffst, dass es ein Traum ist. Wo du vom Ungeheuer gejagt und erlegt, gefressen oder gefoltert wirst, oder dein Erzfeind dein Mädchen küsst. Dieser Moment, wo alles in dir schreit: „Nein! Lass es ein Traum sein, bitte!" Ein solcher Moment war es. Ich sah hinaus und sah: Nichts. Wohin ich auch blickte, soweit mein Auge reichte ... Nichts! Ich sah nur Grau. Beton war es, sah ich dann. Da draußen war nur Beton, unter einem stahlgrauen Himmel. Nichts anderes, bis zum Horizont! Nur der graue Beton. Bloß rechts neben dem Fenster, da war etwas ...

„Komm jetzt essen!", sagte Großvater laut und gebieterisch. Er saß schon am Tisch. Es roch köstlich, und ich hörte meinen Magen knurren, seltsamerweise das einzige Geräusch weit und breit. Aber musste mir noch kurz anschauen, was da rechts vom Fenster lag. Und holte meine Brille aus der Hemdtasche, und da sah ich es: Kadaver, angehäuft. Hunderte müssen es gewesen sein: Tiere, tote Tiere, Schweine, Hühner. Und dann sah ich weiter nach rechts, quasi schon im toten Winkel, und sah schmale graue Gebäude bis zum Horizont, und kein einziger Laut ertönte in dieser Welt aus grauem Beton. Und mein Großvater sagte noch einmal, laut und herrisch: „Komm essen, Junge!" Und das Essen roch verführerisch, Hamburger und „Don't call it Schnitzel" und so, und ich nahm den Teller und schmetterte ihn an die Wand, und es klang wie ... Whow!

In diesem Moment wachte ich auf. Mein Großvater hatte den Wagen angehalten und mir das Flugblatt aus der Hand gerissen. „Sentimentales Geschwätz", sagte er, während er es zerknüllte und auf den Boden warf. Dann stieg er aus: „Was ist? Kommst du?"

Ich wurde nur langsam wach, und dann sah ich endlich hinaus: Was ich sah, war Grau ... bis zum Horizont. Vor mir erstreckte sich ein betongraues Fundament unter schiefergrauen Stallgebäuden, soweit das Auge reichte. Man hörte keinen Laut.

„Ich geh zurück!", sagte ich und stieg aus dem Wagen. Und dachte, dass ich Hunger hatte und der letzte Zug erst um neun fährt und es Schlimmeres gibt als ein Leben ohne Hamburger und „Don't call it ..."

Was nicht heißt, dass Linda und ich nun die besten Freunde wären.

Saat 4.0

Gabriele-Maria Gerlach

Konzentriert las Etta den Tagebucheintrag ihrer Urgroßmutter. Obwohl ihr vieles unverständlich blieb, war sie fasziniert. Selbst ihre Mutter wusste mit den in den Tagebüchern von 1996 erwähnten Rezepten nichts anzufangen. Ettas Urgroßmutter Hanne war damals 25 Jahre alt und musste eine merkwürdige Frau gewesen sein. In ihrer Freizeit bereitete sie Mahlzeiten zu, sie kochte. Sie mochte eine einfache Lebensweise, besaß einen Kräutergarten, den sie liebevoll pflegte und sogar bewässerte. Damals mussten die Menschen also noch über eigenes Wasser verfügt haben, jedenfalls schloss Etta das aus dem, was ihre Urgroßmutter über das Waschen und Putzen von Kräutern schrieb. Etta gelang es einfach nicht, sich vorzustellen, dass es einmal Menschen gegeben hatte, die so verschwenderisch mit Wasser umgegangen waren. Seit 2035 war der Besitz von Trinkwasser streng verboten. Einzige Ausnahme war das Trinkwasser, das auch ihre Eltern als Arbeitslohn erhielten. Die wenigen sauberen Quellen, die es noch gab, wurden streng bewacht. Immer wieder gab es Polizeimeldungen von Überfällen auf Wasserstellen. Dabei war keine einzige Quelle mehr auf einer Karte verzeichnet, und die Gebiete, in denen sich Wasserquellen befanden, waren militärisch gesichert. Die versalzenden Meere blieben unangetastet, außerdem schwollen sie weltweit an und radierten ganze Landstriche aus. Sie hatte das Jahr vergessen, in dem es verboten worden war, bei starkem Regen die Häuser zu verlassen. Solche Tage waren mittlerweile so selten, dass sie als erste Meldung in den Nachrichten gebracht wurden. Im Anschluss kamen meist Meldungen über Betreiber illegaler Auffangbecken und Maßnahmen der Regierungen gegen unerlaubten Wasserhandel.

Umso faszinierter war Etta von den Zeilen in Hannes Tagebuch. Hanne muss viel gelacht und eine unverständlich positive Einstellung zum Leben gehabt haben. Eine Sache weckte Ettas besonderes Interesse: In den Tagebüchern ihrer Urgroßmutter tauchten immer wieder Kräuter auf. Sie schrieb von Königskerzen, Schafgarben, Rainfarn, Beifuß, Wermut, Kamille, Eisen- und Johanniskraut, Baldrian. Etta kannte keine einzige dieser Pflanzen, sie waren bestimmt längst in einer der zahlreichen Artenbeerdigungen ein letztes Mal geehrt und in einer agrar-phytologischen Zeremonie in die Ewigkeit verabschiedet worden. Etta mochte diese Verabschiedungsfeiern. Schließlich kamen die Menschen mit jedem Niedergang einer unzulänglichen Art der Perfektion ein Stück näher. Das betraf Pflanzen ebenso wie Tiere. Die Dankeszeremonien zu Ehren dieser Arten waren zwar etwas lang, aber seitdem das Artensterben so stark zugenommen hatte, dass pro Beerdigung 300 Arten verabschiedet wurden, gab es ein kleines Feuerwerk am Ende jeder Zeremonie.

Etta schreckte aus ihren Gedanken auf. Ihr Implantat meldete einen Anruf ihres Freundes, den sie ignorierte. Sie rechnete gerade aus, wie lange Hannes Geburt her war. Es muss 1971 gewesen sein. Wie gern hätte sie ihrer Urgroßmutter davon erzählt, dass sie seit über 50 Jahren keine Vitamine mehr so aufwendig aus Kräutern gewinnen mussten. Alles war jetzt viel einfacher. Vitamine und Pflanzenstoffe stammten aus technischen Anlagen, sie wurden synthetisch hergestellt. Pflanzen und Tiere gab es zwar noch, aber eigentlich nur zu Dekorations- oder Forschungszwecken. Jedenfalls war ihr nichts anderes bekannt. Und wie diese Spezies sahen auch sie und ihre Freundinnen sich alle sehr ähnlich. Ihre Urgroßmutter schrieb in ihren Tagebüchern noch von Unzulänglichkeiten und Marotten, die sie an ihrem Mann und ihrer Tochter sogar liebte. Etta lächelte, wenn sie beim Lesen der Tagebücher erfuhr, wie solche Eigenheiten manchmal die ganze Familie erheiterten. Sie hätte Hanne zu gerne kennengelernt.

Hanne beschrieb zwar, wie gerne sie Essen kochte, aber wie ärgerlich es war, wenn die Ernte ihrer geliebten Kräuter wegen Schädlingsbefall nur gering ausfiel. Sogenannte „Chemische Keulen" lehnte ihre Urgroßmutter zur Bekämpfung ab. Die Ernte wurde schließlich durch die Schädlinge nie ganz vernichtet, aber das Artensterben war wohl schon weit fortgeschritten. Und offensichtlich wollten die Menschen damals noch viele Arten retten, und der Aufwand, den sie betrieben, musste unvorstellbar groß gewesen sein. Hanne schrieb immer wieder von Schutzmaßnahmen und notwendigen Eingriffen in die Natur. Überhaupt mussten die Menschen damals wohl viel Zeit gehabt haben, dachte Etta. Zeit, die sie brauchten, um all ihre Unzulänglichkeiten und die der Natur auszugleichen. Die Menschen färbten sich graue Haare wieder braun oder blond, sie ließen sich Hautausschläge und Allergien behandeln und waren ständig damit beschäftigt, sich zu ernähren. Sie konnte sich kaum vorstellen, dass ihre Urgroßeltern genügend Zeit hatten, sich um ihren Bauernhof zu kümmern. Wie gern hätte sie ihrer Urgroßmutter von den Errungenschaften der Menschheit erzählt. Die Körper der Menschen waren nahezu gleich, und die, die sich erfolgreich für eine Elternschaft bewarben, hatten sich allenfalls für verschiedene Größen sowie Haar- und Hautfarben ihrer Kinder zu entscheiden. Aber schlank, in etwa gleich groß und kräftig waren sie alle, selbst den besonderen Anforderungen würden sie gerecht werden. Da gab es kaum Unterschiede zwischen ihr und ihren Freundinnen. Das erste Wort, an das sie sich bewusst erinnern konnte, war „Perfektion". Erst später lernte sie, was damit gemeint war. Es war die herausragende Errungenschaft des 21. Jahrhunderts. Kanadische und indische Wissenschaftler hatten vor ca. 50 Jahren, ungefähr im Jahr 2035, ein bestimmtes Grundgen der Natur isolieren können, jedenfalls hat sie es so in der Schule gelernt. Seitdem hat das Gen einen von den Wissenschaften vorangetriebenen Siegeszug angetreten. Das Grundgen wurde „Perfektion" genannt.

Wie viel einfacher hätte es ihre Urgroßmutter Hanne also heute. Und doch war etwas merkwürdig an den Gefühlen, die Etta empfand. Sie war betroffen von den Berichten Hannes über charakteristische Fehler und Schwächen, die anscheinend sympathisch machten. Über Lieblingsgerichte und sogenannte Menüs, die während eines Abends über Stunden verspeist wurden. Ihre Urgroßmutter erwähnte in den Tagebüchern auch, wie sie sogar manchmal quer durch die Stadt fuhr, um bestimmte Lebensmittel oder besonderes Fleisch zu kaufen. Nur für ein Abendessen! Sie berichtete davon, wie sie ihre besten Freundinnen einlud, um mit ihnen gemeinsam zu essen. Es gab drei, manchmal vier Gänge, und Hanne schien großen Spaß daran gehabt zu haben. Das alles konnte Etta zwar überhaupt nicht nachvollziehen, schließlich hätte es doch auch damals ein Leichtes sein sollen, von einem Gang satt zu werden. Und doch lasen sich die Berichte Hannes großartig, sie verführten Etta geradezu zum Weiterlesen, sie berührten ihr Herz und stimmten sie nachdenklich. Sie wurde immer neugieriger.

Plötzlich verharrte ihr Blick in einem der Tagebücher, als sie las: „Neulich drückte mir meine Freundin Sara eine Handvoll Samen von der Zitronenmelisse in die Hand. Jetzt kann ich es kaum erwarten, sie in die Erde zu bringen". Samen? Der Begriff kam Etta bekannt vor. Sie dachte nach, und dann fiel es ihr wieder ein. Sie hatte den Begriff im Pflichtnachrichtenprogramm gehört. Ein paar Jugendliche waren vor kurzem verhaftet worden. Die meisten waren 16, genauso alt wie sie. Sie wurden einer Routinekontrolle unterzogen. Dabei hatte man Samen bei ihnen entdeckt. Etta fand die Nachricht damals unspektakulär, aber jetzt fragte sie sich, was das wohl zu bedeuten hatte. Die Jugendlichen hätten mit den Samen eigene Pflanzen anbauen können. Aber selbst wenn sie die Samen in die Erde gebracht hätten, wie ihre Urgroßmutter es nannte, sie hätten kein Wasser gehabt. Und das wusste sie inzwischen: Ohne Wasser würden aus den Samen niemals Pflanzen werden.

Sie bemerkte, wie ihr Herz plötzlich schneller schlug und ihre Urgroßmutter ihr zur unsichtbaren Verbündeten, ja zur Freundin wurde. Auf unerklärliche Weise fühlte sich Etta zu den festgenommenen Jugendlichen hingezogen. Ihren Eltern durfte sie aber keinesfalls davon erzählen. Ihre Gedanken kreisten, sie dachte daran, wie es wäre, Kräuter zu sammeln und selbst zu kochen. Sie hätte Lust, ihrer Freundin Nele davon zu erzählen. Denn in ihr keimte ein leises Verständnis dafür, dass die Menschen tatsächlich viel Spaß miteinander gehabt haben mussten. Je öfter sie in den Tagebüchern stöberte, umso mehr kam sie zu dem Schluss, dass das Leben damals wahrscheinlich spontaner und lustiger war. Die Menschen trafen sich damals oft mit Freunden, wobei die Örtlichkeiten häufig wechselten. Nicht immer trafen sie sich bei Hanne oder bei einer ihrer Freundinnen zu Hause. Manchmal gingen sie auch in eigens dafür vorgesehene Räumlichkeiten, ihre Urgroßmutter nannte sie Restaurants. An einer Stelle im Tagebuch schrieb Hanne sogar, sie bevorzuge es, mit ihrem Freund im Restaurant zu essen. Wenn Etta darüber nachdachte, schmunzelte sie. Taten die Menschen damals überhaupt etwas anderes als zu essen, Essen zuzubereiten, die Zutaten dafür anzupflanzen oder Tiere zum Verzehr zu züchten? Vermutlich war genau diese Zeitverschwendung ein Grund dafür, dass man heute solche Aktivitäten nicht mehr kannte. Vor etwa 25 Jahren wurde das Gebiss genetisch verändert, Kauen und Beißen war nahezu unmöglich geworden. Die wenigen festen Nahrungsmittelessenzen wurden in Trinkwasser aufgelöst, das Phänomen des Hungers gab es nicht mehr. Ihre Urgroßmutter schrieb noch davon. Allerdings fand Etta es merkwürdig, dass die Menschen damals so oft und so viel Essen zubereiteten und es offensichtlich dennoch viele von ihnen gab, die hungerten.

Dann wurde ihr schlagartig etwas bewusst. Als die Meldung von den Jugendlichen durch die Nachrichten ging, tauchte die Abkürzung HUMUS auf. Soweit sie sich erinnerte, passierte es nur ein einziges Mal. Sie konnte damals nichts damit anfangen, die Buchstabenkombination kam ihr unlogisch und nichtssagend vor. Etta hatte diese Abkürzung nur deshalb behalten, weil sie sie an den Namen ihres Freundes Humer erinnerte. Nur deshalb fiel ihr damals überhaupt auf, dass keine weitere Meldung die Abkürzung enthielt. Schließlich wurden die Nachrichten im Halbstundentakt wiederholt, und Änderungen gab es lediglich alle paar Stunden. Entweder enthielt die Nachricht einen Fehler, oder die Einmalmeldung hätte überhaupt nicht gesendet werden sollen. In ihrer Aufregung ertappte sie sich unvermittelt dabei, dass sie nach einem Versteck für die Tagebücher suchte. Sie bemerkte, wie ihr Herz schneller schlug, wie sie zunehmend nervöser wurde. Die Bedeutung der Abkürzung HUMUS sollte eigentlich problemlos zu entschlüsseln sein, denn selbst wenn die Nachricht nur ein einziges Mal gesendet wurde: Die wöchentlichen Pflichtaufzeichnungen der Nachrichtentexte waren über Jahre abrufbar. Sie tippte die gewohnte Kombination zum Abruf des Archivs auf das Display, und kurze Zeit später erschien die Abkürzung und deren Bedeutung vor ihren Augen: Ihr lief ein Schauer über den Rücken, sie fröstelte. HUMUS war die Abkürzung für Human-Agrarwissenschaftliches Universelles Samengutlager. Die Jugendlichen hatten vorgegeben, das Lager aufspüren und der Öffentlichkeit zugänglich machen zu wollen. Laut den Nachrichten gab es aber kein Lager. Etta wurde leicht schwindelig. Wenn die Jugendlichen bei ihrer Festnahme tatsächlich Samen bei sich getragen hatten, mussten sie das Lager gefunden haben und auch dort gewesen sein. HUMUS musste also existieren, vermutlich wurden dort sogar Samen der längst ausgestorbenen Arten aufbewahrt. Was hatten die Jugendlichen mit diesem Samengutlager genau zu tun? Wo war es, was war es genau, wie hatten sie an die Samen herankommen können? Schon träumte Etta davon, in naher Zukunft selbst heimlich Essen zu kochen, Kräuter wachsen zu sehen, womöglich mit verbotenem Wasser gegossen. Sie verschlang die archivierten Zeilen des Nachrichtentextes. Zum Glück hatte niemand den Text gelöscht. Es fielen Worte wie „Alte Sorten“, die Rede war von verbotenem Handel mit Samengut und einem Professor für Alte Agrarwissenschaft, bei dem die Jugendlichen sich angeblich regelmäßig trafen. Der Professor sei bekannt dafür, Samen ein ähnliches Schicksal wie einst Büchern zu prophezeien. Sie würden ganz und gar vernichtet werden. Etta begann zu überlegen. Sie nahm das letzte Tagebuch ihrer Urgroßmutter zur Hand. Als sie es aufschlug, fiel ihr ein kleines Plastiktütchen mit winzigen schwarzen Kügelchen in die Hände. Darauf stand verwaschen, aber eindeutig in Hannes Handschrift nur ein einziges Wort: Zitronenmelisse. Etta konnte es kaum glauben, sie hielt tatsächlich Samen in der Hand. Ausgerechnet jetzt meldete sich ihr Implantat wieder. Bestimmt ihr Freund, war sich Etta sicher und wollte den Anruf wieder ignorieren. Aber was sie sah, traf sie mit voller Wucht. Auf dem Display stand der Name ihrer Urgroßmutter Hanne.

Zurück zum Tier

Anja F. Heim

Ich bin nicht blöd. Vielleicht ein bisschen langsam in Mathematik, aber ganz sicher nicht blöd. Jedenfalls nicht so sehr, als dass ich nicht merken würde, was hier gespielt wird. All diese „Ausflüge“ aufs Land, für die Paul jedes Mal beim Carsharing ein besonders schnittiges Elektroauto angefordert hat und auf freier Strecke zu mir, der auf dem Beifahrersitz sitzt, gesagt hat: „Halt doch mal kurz das Steuer, ich muss was trinken.“ Paul ist mein Vater, und eigentlich will er nicht, dass ich ihn „Paul“ nenne. Stattdessen soll ich „Papa“ sagen, das klingt so schön nach Familie, sagt er. Aber erstens nennt keiner meiner Freunde seine Eltern „Mama“ und „Papa“, und zweitens: Wer „Papa“ sagt, muss auch „Mama“ sagen, oder? Und Mama fehlt. Ich meine, Paul macht das auch ganz gut allein, keine Frage. Manchmal stelle ich mir trotzdem vor, dass es meine Mama noch gibt.

Die Sache mit dem schicken Auto hat mir natürlich gefallen, keine Frage. Aber wenn Paul denkt, dass ich mich mit so was einwickeln lasse, dann hat er sich geschnitten. Ich weiß nämlich, was hier gespielt wird. Frankie, meine kleine Schwester, die sechs Jahre jünger ist als ich, weiß es natürlich nicht und ist total fasziniert: „So viel Grün!“, hat sie die ganze Zeit gestaunt und ihre kleine Nase an der Kunststoffscheibe platt gedrückt, bis sie nichts mehr sehen konnte, weil die Scheibe beschlagen war. Was sie allerdings nicht daran hinderte, mit ihren Begeisterungsausbrüchen fortzufahren: „So viele Bäume! So viel Gras! Und so viele Tiere!“ Frankie ist echt leicht zu beeindrucken. Ich habe genau gesehen, wie Paul siegessicher gegrinst hat. Das heißt so viel wie: „Jetzt hab ich sie!“ Und dann hatte er seine große Stunde, weil er über moderne Landwirtschaft dozieren konnte.

Anfangs habe ich ja geglaubt, dass wir nur deswegen aufs Land fahren. Ich bin aber nicht blöd, ich weiß genau, dass die Milch von der Kuh und nicht aus dem Automaten kommt, sogar Frankie weiß das. Aber wenn Paul einmal angefangen hat, ist er nicht mehr zu bremsen, und leider erzählt er immer ein bisschen kindisch: Damals, als der Opa noch klein war, da wurden ganz oft Hühner in winzige Kisten gesperrt, damit sie ganz viele Eier legen –„Legemaschinen" haben sie das genannt, aber so ganz sicher ist sich Paul da nicht. Schlafen durften die Hühner auch nicht, weil immer das Licht an war und damit sie davon nicht krank werden, hat man sie mit Medikamenten gefüttert und …

„Jetzt wird's richtig eklig", sagt Paul, „mit gepresstem Fleisch!" Obwohl Frankie und ich die Geschichte schon kennen, schüttelt es uns trotzdem immer wieder vor Ekel. Ich verstehe einfach nicht, wie man Hühner mit Fleisch und Kühe mit Fisch oder sogar anderen Kühen füttern kann! Sogar Frankie weiß doch, dass Kühe Gras fressen und Hühner Körner picken. Und Gras und Körner gibt es hier echt mehr als genug.

Paul erzählt weiter, dass die Leute von den Medikamenten im Fleisch irgendwann selber krank geworden sind und so etwas nicht mehr kaufen wollten. Eigentlich logisch, oder?

„Und dann?", fragt Frankie.

„Dann", sagt Paul wichtig, und während er auf die Felder mit den gefleckten Kühen zeigt, klingt er so stolz, als hätte er sich das alles ausgedacht, „begann die Ära der modernen Landwirtschaft."

Das Wort „Ära" verwendet Paul immer nur in diesem Zusammenhang, wahrscheinlich, um anzudeuten, wie wichtig die ganze Sache ist. Mir ist nicht ganz klar, weshalb das Ganze so revolutionär sein soll. Ich meine, Hühner in Kisten und Fisch für Kühe, das ist alles so abgespaced, dass es sich doch nur um Ausnahmefälle handeln kann. Und es war eigentlich klar, dass man Kühe irgendwann wieder mit Gras füttert und auf alte Rassen zurückgreift, die man nicht mit Medikamenten vollstopfen muss, damit sie gesund bleiben.

Ziemlich oft regt sich Paul auch über den vielen Verkehr auf den Fernstraßen und die Hitze im Großcluster auf. Auch das kann ich nicht wirklich nachvollziehen: Die Fernstraßen brauchen wir so gut wie nie, weil man fast alles im Großcluster mit den Magnetschwebebahnen erreichen kann. Die Hitze ist nicht schlimmer als in anderen Großclustern, und der Großcluster Berlin hat mittlerweile immerhin fast zehn Millionen Einwohner. Wie gesagt, ich weiß, was Paul eigentlich vor hat mit den Ausflügen aufs Land und dem Gestöhne über Verkehr und Hitze. Ich weiß deswegen Bescheid, weil ich die Anzeigen für Wohncluster auf Pauls Computer gefunden habe, nur, dass sie dort, wo sie stehen, nicht „Wohncluster" heißen, sondern „schicke Landhäuser". Und das kann nur eins heißen: Paul will aufs Land ziehen! Weg vom Großcluster! Und die Ausflüge sind dazu da, Frankie und mich zu ködern, dass wir irgendwann aufs Land ziehen wollen. Das klappt vielleicht bei Frankie, aber nicht bei mir! Ich mag Großcluster, ganz besonders den Großcluster Berlin: Ich liebe es, wie die Magnetschwebebahnen über den Wohnclustern auf hohen Stelzen fast lautlos surren, ich liebe es, dass im Zentrum des Großclusters immer etwas los ist und ich mir jeden Tag ein anderes Konzert anhören kann. Am liebsten mag ich Elektro-Synthesizer-Pop. Eigentlich mag ich auch die Hitze, weil es die kostenlosen „Kühlbecken" gibt, in denen man sich einfach abkühlen kann, wenn einem danach ist.

Opa, den ich aus irgendeinem Grund tatsächlich „Opa" und nicht „Christoph" nenne, erzählt manchmal, dass es zu seiner Jugend im Großcluster noch manchmal Schnee gegeben hat! Weil diese Zeiten schon lange vorbei sind, kenne ich Schnee nur aus Filmen. Natürlich weiß ich auch, dass er fürchterlich kalt ist, und deshalb bin ich eigentlich froh, dass es im Großcluster schon lange nicht mehr schneit. Opa erzählt noch von anderen Dingen, die es früher gegeben hat, als er noch klein war und nicht im Großcluster, sondern auf dem Land gewohnt hat.

Ich komme mir dabei immer ein bisschen blöd vor, weil ich das alles nicht kenne. Aber ganz ehrlich: Es gab schon echt komisches Zeug! Quittenmarmelade zum Beispiel, das ist Gelee aus einer Art Apfel, in den man aber nicht einfach so hineinbeißen kann, weil er total hart und bitter ist!

Eisbein und Erbsenpüree und eine Wurst mit exotischen Gewürzen, was man alles heute nur noch in ganz feinen Restaurants bekommt! Opa ist mit einem Holz- oder Kunststoffgestell auf Schnee den Berg hinuntergefahren und hatte einen kleinen Hund namens „Snoopy“.

Im Großcluster gibt es keine richtigen Tiere mehr, wegen dem Dreck, nur noch „Wohnclustergenossen“, die ziemlich niedlich aussehen, aber eigentlich nur Roboter mit künstlichem Fell drum herum sind. Natürlich machen sie nicht auf den Fußboden, aber richtige Freunde, so wie Snoopy für Opa ein Freund war, werden sie nicht. Vielleicht ist das das Einzige, was mir am Großcluster nicht gefällt. Trotzdem will ich auf keinen Fall aus dem Großcluster wegziehen! Wie gesagt, mir gefällt es dort.

Unsere Ausflüge aufs Land laufen seit Wochen immer gleich ab: Zwei Stunden, bis wir aus dem Großcluster raus sind, dann eine Stunde durch Wiesen mit Kühen drauf und Baumansammlungen, über die Paul in Entzücken gerät, weil sie erst vor 50 Jahren künstlich „aufgeforstet“ wurden. Danach gehen wir spazieren (das heißt, wir laufen ein bisschen ziellos herum), essen Pauls selbstgemachte Paninis, setzen uns ins Elektroauto und fahren drei Stunden zurück in unseren Wohncluster. Alles in allem also nicht so spannend.

Diesmal ist der Ausflug aber ein bisschen anders: Papa lenkt das Elektroauto zwischen den Wiesen hindurch auf den Hof eines riesigen Wohnclusters, vor dessen Tür – ich schwöre – ein richtiger Hund sitzt. Als wir aussteigen, hält ihn Frankie erst für einen Wohnclustergenossen und zuckt entsetzt zurück, als er sie ansabbert. Ich kraule ihn ein bisschen zwischen den braun gefleckten Ohren, er ist weich und warm, und ich glaube, er mag mich auch. Fast vergesse ich darüber, Paul zu fragen, was wir hier eigentlich sollen, aber er unterhält sich schon mit einem großen Mann in Arbeitskleidung.

Ich schlendere betont lässig heran, sage „Guten Tag“ und werde freundlich angegrinst. „Lust auf eine Tour durch den Betrieb?“, fragt mich der Mann, der sich als „Herr Franz“ vorstellt. Ich nicke, weil ich höflich sein und Paul nicht blamieren will, der sich auf die Tour ziemlich zu freuen scheint.

Ich kann seine Begeisterung wieder mal nicht nachvollziehen: Was soll es schon anderes zu sehen geben als Kühe und vielleicht Hühner, die auf der Wiese herumrennen? Eigentlich wäre ich viel lieber bei Frankie geblieben, die sich gerade ein bisschen mit dem Hund anfreundet und ihm schon vorsichtig das Fell streichelt. Stattdessen trotte ich hinter Paul und Herrn Franz her und bemühe mich, nicht ganz so lustlos auszusehen, wie ich mich fühle. Wir betreten einen riesigen, luftig-hohen Raum, in dem sich verschiedene Boxen befinden. Allerdings ist keine einzige Kuh drin.

„Haben Sie keine Kühe mehr?", frage ich, weil es mich nun doch ein bisschen interessiert.

„Doch", sagt Herr Franz, „momentan genau 1054 Stück! Aber sie sind alle auf der Weide, vielleicht habt ihr sie schon auf eurer Fahrt gesehen."

Ich erinnere mich an die üblichen Wiesen mit den schwarz-weiß gefleckten Kühen, aber der Zusammenhang zwischen diesem riesigen, aber leeren Kuh-Wohncluster und den über tausend Kühen auf der Wiese ist mir nicht ganz klar. Eigentlich wundere ich mich, dass mir diese Fragen nie gekommen sind, aber: Wie kommt man eigentlich an die Milch, wenn die Kühe auf der Wiese leben? Reicht das Gras überhaupt für alle? Was, wenn eine Kuh krank wird oder ein Kälbchen bekommt? Muss sie da nicht in den Kuh-Wohncluster? Ich denke noch darüber nach, während Herr Franz und Paul sich über technische Einzelheiten im Kuh-Wohncluster unterhalten. Kann man Kühe einfach „anfunken"? Also mit einer Pfeife rufen, oder so? Ich hab mal gelesen, dass das mit Hunden so funktioniert ... Aber woher weiß dann die jeweilige Kuh, dass genau sie gemeint ist? Obwohl ich ein bisschen Angst habe, dass ich blöd wirke, platzen alle Fragen aus mir heraus, eigentlich fast auf einmal. Zum Glück ist Herr Franz viel zu nett, um mich auszulachen. Stattdessen beantwortet er alle meine Fragen sehr geduldig: Dass jede Kuh einen kleinen Chip bei sich trägt, auf dem gespeichert ist, wie viel Zusatzfutter sie bekommt und wie viel Milch sie gibt.

Für das Zusatzfutter und zum Melken kommen die Kühe jeden Tag zweimal von der Weide in den Kuh-Wohncluster, und sie können sich selbst aussuchen, wann. „Weil sie wissen, dass es da etwas Gutes gibt, kommen sie immer freiwillig", sagt Herr Franz, „Das ist für sie wie eine Art ‚Drive in'."

Gerade trottet eine Kuh gemächlich in eine Box – ihr Chip wird automatisch gescannt, dann rieselt das Kraftfutter in einen Napf, während ein Roboter die Melkmaschine anlegt. Ich will es zwar nicht zugeben, aber ein bisschen fasziniert bin ich schon von der „Ära der modernen Landwirtschaft".

„Bei unserem Kraftfutter achten wir genau darauf, dass genügend Nährstoffe und Mineralstoffe enthalten sind", erklärt Herr Franz weiter. „Die Milchmenge und die Gesundheitsdaten der Kuh werden auch auf dem Chip gespeichert. Wenn etwas nicht in Ordnung ist, sendet mein Computer im Büro einen Alarm, und die Kuh wird automatisch in eine größere Box umgeleitet. Das gilt auch, wenn eine Kuh bald kalbt – sie kommt dann in einen besonderen Stall, wo sie mehr Ruhe hat und sich auf die Geburt vorbereiten kann. Bei Bedarf können wir direkt einen Tierarzt rufen – entweder sieht er sich die Kuh per Ferndiagnose an, oder er kommt direkt vorbei." Herr Franz erklärt noch weiter, dass seine Kühe das ganze Jahr über draußen leben: „Durch die Außenhaltung haben die Kühe weniger Atemwegserkrankungen, und wir sparen bares Geld, weil die Stallungen nicht mehr so groß sein müssen. Ich persönlich bin auch fest davon überzeugt, dass sich meine Tiere so wohler fühlen." Herr und Frau Franz verdienen mit den Kühen ihr Geld, aber es gibt neben dem großen Hund auch noch andere Tiere hier: einige Katzen, weil sie in der Mäuse- und Rattenbekämpfung effektiver und umweltschonender sind als Gift, zwei große Pferde und ein ganz kleines und Hühner, die vom Gemüsegarten die Schnecken picken, „und manchmal auch den Salat, aber das ist nicht so schlimm", sagt Frau Franz, die zu uns gekommen ist, um uns zum Essen zu rufen. Es gibt das leckerste Essen, das ich je gegessen habe: Kartoffelsuppe aus richtigen Kartoffeln, nicht aus Kartoffelpulver wie im Großcluster, danach ein Hühnchen mit Gartenkräutern und zum Abschluss einen saftigen Kuchen mit Pflaumen und frischer, cremiger Sahne, die Frankie eigenhändig schlagen durfte. Mittlerweile liegt ihr der große Hund zu Füßen, und sie hat überhaupt keine Angst mehr. Fast bin ich ein bisschen eifersüchtig.

Fast wäre das auch alles zu schön, um wahr zu sein, denke ich, als wir wieder auf der Fernstraße Richtung Großcluster Berlin unterwegs sind. Es hat ein bisschen gedauert, bis Frankie sich von dem großen Hund losreißen konnte, und ich habe ihn auch ein bisschen länger gekrault. Aber auf dem Land gibt es immer noch keine Kühlbecken (obwohl es hier wirklich nicht so heiß ist, da hat Paul recht), keine Magnetschwebebahn und keine Elektro-Synthesizer-Popkonzerte.

„Wusstest du", sagt Paul zu mir, „dass eine Magnetschwebebahn gebaut wird, die nächstes Jahr fertig werden soll? Damit braucht man nur eine Stunde ins Clusterzentrum, weil man nicht im Stau steht. Damit kann man dann auf dem Land wohnen UND die tollen Sachen im Großcluster mitmachen, wenn man mag."

„Mhm", sage ich, „wusstest du, dass ich ‚die Ära der modernen Landwirtschaft' gar nicht so übel finde?"

„Und wusstest DU", mischt sich Frankie vom Rücksitz ein, „dass wir einen Hund wollen?"

Paul grinst siegessicher. Das heißt so viel wie: „Jetzt hab ich euch!" Als er merkt, dass ich ihn beobachte, lacht er und sagt: „Halt doch mal kurz das Steuer, ich muss was trinken."

Abionas Farm

Barbara Iland-Olschewski

„Hey Ben, schon wach?" Julianes Hologramm erschien mitten im Raum.

Ben schob sich seitlich hinter die Küchentheke. Er trug nichts als seine Unterhose. Wenigstens die.

„Lass doch mal Sauerstoff rein." Ihre durchscheinende Gestalt schwebte auf die Fenstersteuerung zu.

Ben zuckte. Er hasste offene Fenster. Man konnte nie wissen, was da reinflog. Auch wenn die Luftgemischwolke ständig kontrolliert wurde. Angespannt beobachtete er Julianes Hand aus Licht. Sie griff ins Leere.

„Meine Schwester hat also wieder den Tastsinn am Holo-Empfänger abgeschaltet", bemerkte Juliane.

Genau das hatte Ben gehofft. Wenn der Tastsinn ausgeschaltet war, konnte sich ein Lichtbesucher durch die Wohnung bewegen, aber nichts berühren, hochheben und verändern. Die Dinge boten ihm keinen Widerstand. Bens Mutter schaltete den Tastsinn regelmäßig ab, damit niemand in ihren Sachen herumschnüffeln konnte. Verschlafen, wie er noch war, wünschte Ben, sie hätte Bild und Ton auch ausgeschaltet, als sie vor ein paar Stunden zur Arbeit gegangen war.

„Morgen, Juliane." Ben goss weiße Flüssigkeit über seine Frühstücksflocken aus Dinkel-Ersatz.

„Trinkst du die künstliche Milch regelmäßig?" Juliane rümpfte die Nase.

„Was denn sonst?", fragte Ben.

Echte Milch war eine Delikatesse und unbezahlbar, genau wie Getreide, Obst, Gemüse, Eier oder Fleisch. Sogar für seine Tante – obwohl sie an der Quelle saß. Juliane war Biologin, sie arbeitete im Forschungsinstitut eines Lebensmittelkonzerns. Von seiner Mutter hatte Ben erfahren, dass sie dort unter strengen Sicherheitsauflagen echte Tierprodukte herstellte. Luxusartikel für Superreiche. Er konnte nicht nachvollziehen, dass Leute viel Geld dafür hinlegten. Ihm wurde übel, wenn er daran dachte, etwas

Natürliches essen zu müssen. Nicht ohne Grund waren die Menschen in die Zuflucht gezogen und hatten die Natur hinter hohen Mauern ausgesperrt. Es hatte Seuchen gegeben. Schuld daran, so hieß es, waren Tiere und Pflanzen gewesen, die Ben nur von alten Fotos kannte.

Julianes Lichtgestalt steuerte einen der Barhocker vor der Küchentheke an. „Tu mir den Gefallen, und schalte den Tastsinn ein. Sonst lande ich auf dem Fußboden, wenn ich versuche, mich zu dir zu setzen. Das gibt hässliche blaue Flecken am Hintern."

Ben grinste und drückte den Knopf auf der Fernbedienung.

Julianes Hand strich durch sein Haar. „Guten Morgen, Lieblingsneffe." So hatte sie ihn schon immer genannt. Er war ihr einziger Neffe und kein Kind mehr. Trotzdem mochte er das, mochte er Juliane.

„Wie sind die Ferien?", fragte sie.

„Langweilig."

„Das trifft sich gut. Ich könnte deine Hilfe gebrauchen."

„Soll ich etwa das Zeug testen, das ihr herstellt? Vergiss es!" Ben schob den mit milchig-weißem Schleim beladenen Löffel in seinen Mund.

„Nein. Es geht um ein Mädchen. Sie ist genau so alt wie du."

Der Löffel blieb von der Schüssel zu Bens Mund auf halbem Weg in der Luft hängen. Überrascht sah Ben seine Tante an.

„Ihre Eltern waren im Krieg. Sie sind nicht zurückgekommen. Das Mädchen ist abgehauen aus dem Paradies."

Paradies – so hießen die Waisenhäuser. Ben hatte nie eins von innen gesehen. Sie wurden gebaut, als die Kriege zunahmen. Kriege, die weit entfernt stattfanden und deshalb nicht wirklich zu existieren schienen. Doch für die Kinder und Jugendlichen in den Paradiesen waren sie nicht weit weg. Ihr Leben hatten sie auf grausame Weise verändert.

„Warum ist sie fort? Ich dachte, sie haben dort alles – und noch mehr. Als Entschädigung sozusagen."

„Eine Entschädigung für den Verlust ihrer Eltern? Wie soll die aussehen?" Juliane schüttelte den Kopf. „Das Mädchen wird schon seit über einem Jahr vermisst. Die Sicherheit hat sie jetzt erst entdeckt. Sie lebt vor den Mauern der Zuflucht auf einem Hof, der ihrem Opa gehört hat."

„Außerhalb der Luftgemischwolke?" Bens Augen weiteten sich vor Entsetzen. Von klein auf hatte er gelernt, dass er nur in der Luftgemischwolke sicher war. Jenseits davon lauerten tödliche Krankheiten.

„Ja. Die Sicherheitskräfte lehnen es ab, sie zurückzuholen. Sie sagen, die Ansteckungsgefahr ist zu groß. Dabei weiß man nicht mal, ob es etwas gibt, womit sie jemanden anstecken könnte. Selbst wenn sie wollte, dürfte sie nicht zurück. Sie werden sie einfach allein lassen und vergessen."

Ben schob die Schüssel von sich weg. Er hatte keinen Hunger mehr. „Seit wann kümmerst du dich um verloren gegangene Mädchen?", fragte er.

Juliane sog die abgestandene Luft scharf ein. „Ich möchte sie finden, Ben. Es wäre eine Möglichkeit ... ein Experiment, für das wir nie die Erlaubnis bekämen: einen Hof zu führen wie damals, früher, als Abionas Opa dort lebte."

Bens Magen verkrampfte sich. „Dann geht es dir gar nicht um das Mädchen?"

Juliane zögerte. „Doch. Ich wünsche mir und uns allen, dass es ihr gutgeht da draußen."

Eine Pause entstand, eine unbequeme Stille, die Juliane schließlich durchbrach.

„Wir haben bei unseren Forschungen Dinge herausgefunden. Ich darf nicht darüber sprechen." Eine senkrechte Sorgenfalte bildete sich über ihrer Nasenwurzel. „Nur so viel: Es gibt Probleme in der synthetischen Nahrungsmittelproduktion. Wenn wir nicht schnell lernen, wieder natürliche Nahrung in größeren Mengen herzustellen, dann ... Es werden nur die überleben, die es sich leisten können."

Wie eine dunkle schwere Decke legten sich ihre Worte über den Raum.

„Abiona", sagte Ben. „So heißt sie?"

Juliane nickte. „Ben, ich muss dir etwas beichten. Ich habe etwas getan, was ich nicht hätte tun dürfen. Ich habe deinen Namen verwendet."

„Wozu? Um einen Schülerpass fürs Kino zu bekommen?" Ben hoffte, zu einer Leichtigkeit zurückzufinden, die in weite Ferne gerückt war.

„Nein. Abiona spricht nicht mit Erwachsenen. Ich habe in deinem Namen über Meta Kontakt zu ihr aufgenommen. Sie möchte, dass du zu ihr kommst."

Ben spürte die kühle Nachtluft über die Fühl-Vermittler an der dünnen Außenhaut seines Schutzanzugs. Sein Luftgemischtank war gut gefüllt. Trotzdem stolperte sein Atem.

„Die Regierung kann deine Reise nicht genehmigen", hatte Juliane gesagt. „Aber sie haben durchblicken lassen, dass sie das Experiment begrüßen würden. Natürlich wissen sie offiziell nichts davon." Juliane und ihr Kollege hatten Ben zum Eingang eines Tunnels gebracht, durch den Abiona die Zuflucht verlassen hatte. Der Gang war inzwischen von der Sicherheit entdeckt worden, aber die Regierung hatte ihn geheim gehalten. Sie ahnten, dass er eines Tages nützlich sein konnte – für Aktionen wie diese.

Man hatte die Wachen für wenige Minuten abgezogen. Als Ben auf der anderen Seite der Mauer aus der Erde kroch, war er allein. So allein, wie er es bisher nicht gekannt hatte.

Warum hatte er sich nur darauf eingelassen? Zuerst hatte er gelacht und Juliane weggeschickt. Daraufhin hatte sie begonnen, ihm Bilder über Meta zu senden. Fotos von Abionas Farm aus der Luft, von den Sicherheitseinheiten mit Überwachungsdrohnen aufgenommen. Die Aufnahmen waren auf rätselhafte Weise schön. Ben hatte sie seiner Mutter gezeigt. Eine Nacht lang hatte er in seinem Bett gelegen und seine Mutter mit ihrer Schwester streiten hören. Ma machte Juliane Vorwürfe, und Juliane hatte nicht aufgehört, sich zu entschuldigen. Sie hätte Ben da nicht mit reinziehen dürfen, beteuerte sie immer wieder. Irgendwann hatte er es nicht mehr ausgehalten. Er war aufgestanden und zu ihnen gegangen.

„Ich kann für mich selbst entscheiden", hatte er gesagt. „Ich will dorthin."

Der Schutzanzug raschelte leise bei jedem Schritt. Einen Tag, nicht länger, hatte Juliane beteuert. Nahrung und Wasser für diesen Zeitraum waren in den Kreislauf des Schutzanzugs eingespeist worden. Ein altmodischer Kompass wies Ben den Weg. Kein Navi hatte die Gegend gespeichert. Immer wieder stieß er auf Hindernisse. Felsen, umgestürzte Bäume, einen Fluss. Er musste die Richtung ändern, Umwege machen und dann auf den ursprünglichen Weg zurückfinden. Die Sonne stieg bereits über den Horizont, als er unten im Tal die niedrigen Gebäude auf einer Lichtung entdeckte. Was einmal der Stall gewesen war, glich einer Ruine, das Dach war eingestürzt, die Wände halb abgetragen. Scheune und Schuppen sahen nicht besser aus. Das rostige Skelett eines altertümlichen Fahrzeugs ragte aus den Mauerresten empor. Allein das Wohnhaus schien einigermaßen intakt, wenn auch an vielen Stellen nur notdürftig geflickt zu sein. Wie konnte jemand freiwillig hier leben wollen? Das Mädchen musste verrückt sein. Völlig wahnsinnig. Ein Anfall von Panik befahl Ben umzudrehen. Er wollte zurückgehen und Juliane erzählen, er habe Abiona nicht gefunden.

Ben beschleunigte seine Schritte, riss die Beine höher, verfiel in ein Traben, rannte. Die Sicherheitsschuhe verfingen sich im hohen Gras. Er strauchelte, richtete sich auf, setzte die Füße mechanisch voreinander. Etwas traf Ben spitz und hart im Rücken. Er stürzte vornüber. Der Geruch von feuchter Erde drang durch die Riech-Erfasser des Schutzanzugs. Über die Außenmikrophone hörte Ben ein Lachen, hell und laut.

Wahnsinnig. Völlig wahnsinnig. Wie er vermutet hatte.

„Keine Angst. Sie meint es nicht böse. Sie bewacht mich nur." Die Stimme war warm und freundlich.

Langsam drehte Ben sich um. Über ihm stand eine Kreatur mit Hörnern und einem kleinen Bart am spitzen Maul. Dahinter tauchte das Gesicht eines Mädchens auf. Abiona packte die Hörner und zog das Tier von ihm weg.

„Das ist Keira – wie diese Schauspielerin aus den alten Digitalfilmen. Kennst du die?"

Ben schüttelte stumm den Kopf.

„Diese Keira hier ist meine Ziege. Ich bin Abiona. Und du musst Ben sein." Ihre braunen Augen verengten sich, als sie durch das Gesichtsfenster seines Anzugs spähte.

Abiona zeigte Ben den Hof. Stolz schritt sie vor ihm durch ein Getreidefeld, das sie selbst gepflanzt hatte. Sie zeigte ihm, wo sie die wilde Ziegenherde entdeckt und Keira eingefangen hatte, um sie zu zähmen. In ihrer Küche öffnete Abiona den Vorratsschrank, nahm Brot, Käse, Milch und Früchte heraus und lud ihn ein, mit ihr zu essen. Ben unterdrückte die beim Anblick der natürlichen Lebensmittel aufsteigende Übelkeit und lehnte dankend ab.

„Du kannst den Schutzanzug ausziehen", sagte Abiona. „Dir passiert hier nichts. Sieh mich an: Es geht mir gut."

Ben ging nicht darauf ein. Der Schutzanzug war das Einzige, was ihm hier draußen Sicherheit gab. „Warum bist du abgehauen?", fragte er. „Hier ist doch nichts und niemand."

„Im Paradies habe ich mich einsamer gefühlt. Hier ist alles echter. Nicht nur das Essen." Lächelnd griff sie nach einem Apfel und biss hinein.

Später lagen sie nebeneinander auf der Wiese oberhalb des Hofs. Die Fühl-Vermittler ließen Ben das leichte Kitzeln der Gräser spüren. Er musste zugeben, dass es ein angenehmes Gefühl war.

Abiona erzählte. Als ihr Opa in die Zuflucht umgesiedelt worden war, hatte er alles in einem dicken Buch aufgeschrieben: sein Wissen über die Tiere und Pflanzen, über das Säen und Ernten, wie man Brot backt und Käse macht und vieles mehr. Zusammen mit einer Sammlung Getreide- und Gemüsesamen hatte er ihr das Buch vermacht. Abiona hatte keine Ahnung, wie er das Saatgut an den Kontrollen vorbeigeschmuggelt hatte. Das Chaos war wohl groß genug gewesen, als die Regierung beschloss, die Zwangsumsiedlungen durchzuführen. Im Paradies hatte Abiona die

Samen verstecken müssen, damit man sie ihr nicht wegnahm und vernichtete. Sie waren ihr wichtigster Schatz. Abiona hatte nichts als die Kleider, die sie trug, das Buch und diesen Schatz aus der Zuflucht mitgenommen.

Ben dachte an Juliane. Das alte Wissen war weitgehend verloren gegangen, und die Wissenschaftler mussten es sich in vielen Versuchen neu erarbeiten. Kein Wunder, dass seine Tante den Kontakt zu Abiona wollte.

„Ich würde dich gern berühren", sagte Abiona. Ihr Gesicht wirkte plötzlich blass und klein.

„Okay", sagte Ben.

„Nicht deinen Anzug. Dich. Deine Haut. Das fehlt mir wirklich."

Ben sah die Tränen in ihren Augen.

„Du wirst zurückgehen, nicht wahr? Du willst nicht bei mir bleiben, oder?"

Stumm schüttelte Ben den Kopf.

Abiona weinte leise. „Halte mich ein bisschen fest, ja?", sagte sie. „Wenigstens das, bitte."

Ben rückte näher und legte die Arme um sie. Er spürte ihren Körper weich und warm über die Fühl-Vermittler. Erst als es langsam dunkel wurde, löste er die Umarmung.

Abiona hob den Kopf und sah ihn an. Etwas in Ben hatte sich verändert. Sie hatte es verändert. Und dann tat er es. Ben öffnete das Gesichtsfenster des Schutzanzugs einen winzigen Spalt, gerade groß genug, dass Abionas Fingerspitze hindurchpasste. Sanft fühlte er den Druck ihrer rauen Haut auf seiner Wange.

„Danke", sagte Abiona. Sie lächelte müde und kuschelte sich ins Gras. Schnell schlief sie ein.

„Ich muss gehen", flüsterte Ben, um sie nicht zu wecken. Er stieg den Hügel hinauf. Die Gedanken in seinem Kopf rasten. Niemand durfte erfahren, dass ein kleines Stückchen seiner Haut Schmutz und Bakterien schutzlos ausgesetzt gewesen war. Und ihrer Berührung. „Selbst wenn sie wollte, dürfte sie nicht zurück." Julianes Worte spukten durch seinen Kopf. Er wollte, er musste zurück. Sein Luftgemischtank war fast leer, Wasser und Nahrungskonzentrat waren aufgebraucht.

Sein Metaempfänger piepste. Eine Nachricht von Juliane. Eine der Wachen hat geredet – sie schütten den Tunnel zu! Ben – ich verspreche, ich tue alles, um dich zurückzuholen! Halte durch – nur ein paar Tage. Drück dich, J.

Bens Knie wurden weich. Ein paar Tage. Die Sicherheitskräfte wussten, dass er den Schutzanzug würde ausziehen müssen, um zu überleben. Um zu essen, was es hier draußen gab, um die ungefilterte Luft zu atmen.

Eine Nachricht, mit der alles endete. Mit der alles begann. Ben drehte sich um. Vor ihm lag Abionas Farm. Die Vergangenheit und die Zukunft.

Der Mond ist aufgegangen

Margret Küllmar

Wütend und traurig zugleich lag Tom im Bett. Ein Abend, auf den er sich lange gefreut hatte, war voll in die Hose gegangen. Oma und Opa kamen zu Besuch. Es geschah nicht allzu oft, dass sie aus ihrem nordhessischen Dorf in die Stadt fuhren. Sie hatten „Alte Wurst" mitgebracht, ebenso wie das Bauernbrot eine regionale Spezialität. Tom hätte lieber Pizza oder einen Hamburger gegessen und meckerte herum. Als die Eltern dann auch noch mit den Großeltern abmachten, dass er die Sommerferien auf dem Land verbringen sollte, wäre er beinahe geplatzt. „Damit du das Landleben kennen und schätzen lernst", sagte Opa: Er hatte seinen landwirtschaftlichen Betreib vor kurzem aufgegeben, weil er keinen Nachfolger hatte. Seine Kinder, auch Tom Vater, wollten den Hof nicht übernehmen. Sie hatten andere Berufe und fanden Landwirtschaft unattraktiv. Viel Arbeit, wenig Einkommen, zu risikoreich, waren Papas Argumente, als es zu einer hitzigen Diskussion kam.

„Als ich neun Jahre alt war, so alt wie Tom jetzt, da wusste ich schon, dass ich einmal Bauer werden wollte. Es ist der schönste Beruf der Welt", antwortete Opa.

„Das waren auch noch andere Zeiten, 1950 konnte ein Bauer mit seiner Arbeit siebzehn Menschen satt machen. Heute muss er, wenn er selber satt werden will, so viel produzieren, dass sich einhundertdreiunddreißig Menschen davon ernähren können. Nur noch gut zwei Prozent aller Erwerbstätigen in Deutschland arbeiten in der Landwirtschaft, sie hat keine Zukunft", erwiderte der Papa.

Opa rief trotzig: „Hat sie doch", und Papa antwortete nachdenklich: „Fragt sich nur, wie die aussieht." So ging es noch eine Weile hin und her, bis Opa wütend und laut wurde und Oma weinte. Sie packten ihre Sachen zusammen und fuhren nach Hause. Die Eltern schickten Tom ins Bett und diskutierten weiter.

„Fragt sich nur, wie die aussieht“ – dieser Satz von Papa ging Tom nicht aus dem Kopf. Schlafen ging gar nicht, dafür war der Abend zu unerfreulich und aufregend gewesen. Hoffentlich bekamen die Eltern nicht auch noch Streit, er konnte hören, wie sie sich unterhielten. „Fragt sich nur, wie die aussieht“ – da war er wieder, dieser Gedanke. „Willst du das wissen, ich kann es dir zeigen“, hörte er plötzlich eine tiefe Stimme sagen. Tom zog die Decke über den Kopf, er wollte nichts mehr sehen und hören. „Ich glaube, ich spinne“, dachte er und zitterte am ganzen Körper.

„Das tust du nicht, komm unter deiner Decke raus, und sieh mich an“, sagte die Stimme.

Langsam, sehr langsam schob Tom die Decke beiseite. Er setzte sich auf – und dann sah er ihn. Es war ein Mondstrahl, der durch das offene Fenster schien.

„Du brauchst keine Angst zu haben“, sagte der Mondstahl, „du kannst dich auf mich setzen wie auf eine Bank, und ich bringe dich hin, wo immer du möchtest. In die Ferne in die Nähe, in die Vergangenheit oder in die Zukunft.“

„Kannst du das denn?“, fragte Tom, er zitterte immer noch.

Und der Mondstrahl antwortete: „Ach, ihr Menschen, wenn ihr wüsstet, was der Mond kann und weiß und tut.“ Dann fuhr er fort: „Komm, setz dich, ich bringe dich ins Jahr 2084. Halte dich gut fest, und schließe deine Augen.“ Tom gehorchte.

„Wir sind da, du kannst die Augen aufmachen, ich hole dich später wieder ab“, sagte der Mondstrahl und war auch schon verschwunden, denn es war heller Tag.

Tom sah sich um, irgendwie kam ihm alles bekannt vor. Er stand auf dem Hof eines großen Bauernhauses. Fachwerk, es sah aus wie Opas Haus, es war Opas Haus, frisch gestrichen, mit neuen Fenstern und einer Solaranlage auf dem Dach. Den Kuhstall und die Scheune gab es nicht mehr, stattdessen befanden sich dort Gebäude, die aussahen wie Lagerhallen. Auf der anderen Straßenseite sah er ein paar kleine, putzig aussehende Häuschen. Da, wo früher ein großer Kastanienbaum gestanden hatte, wuchsen jetzt mehrere kleine Bäume. Sah er richtig, war einer davon ein Zitronenbaum? Kopfschüttelnd ging er auf die Haustür zu, sie stand offen. Ob er einfach so hereingehen sollte? Er wagte es. Dann stand er in der großen Diele und sah sich um, rief: „Hallo, ist da jemand?" Niemand antwortete, in einem der angrenzenden Räume lief ein Radio oder ein Fernseher, Stimmengewirr und Musik waren zu hören. Tom klopfte an die dazugehörige Tür. Wieder bekam er keine Antwort. Irgendwie war das alles ein wenig unheimlich. „Hier gibt es bestimmt Überwachungskameras, die haben mich längst gesehen", dachte er, und dann: „Quatsch, das ist ein Bauernhaus auf dem Lande und keine Bank in der Großstadt."

Mutig öffnete er die Tür und ging hinein. Er befand sich in einem Wohnzimmer, der Fernseher lief, und auf dem Sofa lag eine ältere Dame, die offensichtlich schlief.

„...kam es zu einer Schießerei am Wasserlauf, es sind sieben Tote zu beklagen", sagte der Nachrichtensprecher gerade und berichtete von Kämpfen ums Wasser an mehreren Orten in der Welt. Im nächsten Beitrag ging es um das Abholzen der Regenwälder und die Folgen für den Klimawandel. Tom war entsetzt. Das nahm er doch gerade in der Schule durch, und wie es schien, war das Problem im Jahre 2084 immer noch nicht gelöst. Die nächste Nachricht befasste sich mit dem Bevölkerungswachstum und den viel zu knappen Anbauflächen für Lebensmittel. Ein sehr komplexes Thema. Man zeigte Bilder von hungernden Menschen, von ehemaligem Ackerland, das zu Wüste geworden war, dann von riesigen Ställen mit Millionen von Hühnern und Wasserbecken, in denen sich die Fische nur so drängelten. Von Antibiotika und Gentechnik war die Rede.

Tom schaute fasziniert zu. Er vergaß alles um sich herum, bis er hinter sich jemanden sagen hörte: „Hallo, ich bin Rahel, und wer bist du?"

Tom fuhr herum. Vor ihm stand ein Mädchen mit brauner Haut und lustigen schwarzen Löckchen. Es war etwas größer und älter als er. Tom stotterte: „I…i…ich heiße Tom."

„Was machst du hier?", fragte das Mädchen.

Tom dachte nach, er durfte jetzt nichts Falsches sagen, die Sache mit dem Mondstrahl würde sie ihm sowieso nicht glauben. „Mich interessiert das alles hier, würdest du es mir zeigen?", fragte er und grinste, so wie er seine Mama immer dann angrinste, wenn er etwas von ihr wollte.

Es wirkte, Rahel lächelte zurück, holte ein Gerät aus ihrer Jeanstasche, das Ähnlichkeit mit einem Handy hatte, und sprach hinein: „Hallo, Objektschutz, der Junge ist harmlos, er möchte sich ein wenig umschauen, keine Spionagegefahr." Sie hielt das Teil ans Ohr und sagte nach einer Weile: „Okay, ich warte." Zu Tom sagte sie: „Wenn man es erlaubt, führe ich dich ein wenig herum."

„Was hat das alles zu bedeuten? Wer ist die Frau auf dem Sofa, und wieso wusstest du, dass ich hier bin?", fragte er nun restlos verwirrt.

Rahel antwortete: „Ich fange mal hinten an. Also, du bist von drei verschiedenen Kameras entdeckt worden, und weil du ein Kind bist, hat man mich losgeschickt, um dich zu orten. Die Frau auf dem Sofa hält gerade einen Mittagsschlaf, sie betreut dieses Haus." Das Handy klingelte, Rahel meldete sich und sagte kurz: „Okay". Dann stecke sie es wieder in die Tasche.

„So", sagte sie, „ich darf dich ein wenig herumführen, natürlich nicht in die sensiblen Teile der Anlage."

„Was für eine Anlage, ich dachte, dies sei ein Bauernhof?", fragte Tom. Wo war er hier nur hingeraten, in ein Chemielabor oder eine Waffenfabrik? Oder hatte dies hier etwas mit Raumfahrt oder gar Atomkraft oder anderen gefährlichen Stoffen zu tun? Ihm wurde ganz mulmig zumute. Hoffentlich kam er wieder heil nach Hause. Rahel schien seine Gedanken zu erraten. Sie nahm ihn an die Hand und sagte: „Komm mit, ich erkläre es dir."

Sie gingen auf den gepflasterten Hof, setzten sich auf eine Bank, und Rahel begann zu erzählen: „Es begann im Jahre 2011, also vor über siebzig Jahren. Am Horn von Afrika war eine große Hungersnot ausgebrochen, es hatte viel zu wenig geregnet. Meine Urgroßeltern und ihre Kinder mussten ihre Heimat Äthiopien verlassen und versuchten, in einem Flüchtlingslager zu überleben. Sie hatten Glück, ein deutscher Helfer nahm sie und ein paar andere Familien mit nach Deutschland. Hier in diesem Dorf fanden sie ein neues Zuhause. Man baute für sie diese kleinen Häuschen dort drüben, die sollten sie an die Hütten in ihrer Heimat erinnern. Zur gleichen Zeit wurde den Menschen allmählich bewusst, dass das Ackerland knapp wird, wenn die Weltbevölkerung weiter zunimmt, wenn, wie in Afrika, fruchtbarer Boden zu Wüste wird, wenn man Biogasanlagen mit Mais und anderen Nutzpflanzen betreibt, wenn man überhaupt achtlos mit Lebensmitteln umgeht. Martin, der Helfer, der meine Familie hierhergeholt hatte, befasste sich sehr mit diesen Problemen. Er kannte sie ja aus eigener Erfahrung, und er lebte und arbeitete nun auf diesem Hof. Mein Urgroßvater half ihm ein wenig, und irgendwann zeigte er Martin ganz einfache Bewässerungssysteme, so wie er sie in Afrika für seine Felder gebaut hatte und wie sie in den Entwicklungsländern den Menschen zu Nahrung verhelfen könnten. Martin war begeistert. Sie versuchten, Reis anzubauen, aber das misslang erst einmal. Die beiden Männer ließen sich aber nicht entmutigen. Sie forschten und tüftelten weiter, bauten Sojabohnen an, weil sie es unmöglich fanden, dass diese als Viehfutter um die halbe Welt gekarrt wurden und die Kleinbauern in Südamerika kaum überleben konnten. Aus diesem Gedanken heraus entwickelte sich nach und nach diese Versuchsanlage. Mit der zunehmenden Erderwärmung ergaben sich immer neue Probleme und Aufgabenfelder, aber auch Chancen. Unser Hof ist inzwischen mit anderen Einrichtungen dieser Art in einem globalen Netzwerk verbunden. Zurzeit wird an einem Projekt gearbeitet, das sich ‚Anbau vor der Haustür' nennt. Damit will man lange Transportwege vermeiden, gleichzeitig Energie und Zeit sparen, und – was noch wichtiger ist

– die Menschen bauen sich an, was und wie sie es brauchen, sie bekommen Arbeit, Geld und Nahrung und können sich selber helfen. Hier bei uns wird gerade der Anbau von Kaffeesträuchern getestet. Wenn du bedenkst, wie viel Kaffee die Deutschen trinken, ist das doch eine gute Idee."

In diesem Augenblick fuhr ein Traktor auf den Hof und hielt an – ohne Fahrer.

„Was ist das denn?", fragte Tom und sprang erschrocken zur Seite.

„JPS-gesteuert", erklärte Rahel, „du musst keine Angst haben, da passiert nichts. Weißt du, auch wenn wir strikt gegen genveränderte Lebensmittel sind und auf Fungizide und Pestizide weitgehend verzichten, nutzen wir doch den technischen Fortschritt."

„Warum gibt es hier so viele Überwachungskameras, hier kann man doch nichts klauen?", fragte Tom.

„Oh doch", widersprach ihm Rahel, „Ideen, Pläne, Formeln kann man stehlen. Lebensmittelkonzerne beispielsweise könnten sie für ihre Geschäfte nutzen." Rahel holte Luft, und Tom sah sie mit großen Augen an.

„Stark", entfuhr es ihm. „Was du alles weißt."

„Es geht", sagte Rahel, „ich möchte Agrarwissenschaften studieren und später hier arbeiten. Meine Urgroßeltern und die Großeltern haben hier gearbeitet, jetzt leitet mein Vater die Anlage, zusammen mit einem Enkel von jenem Martin. Es gibt hier etwa zwanzig Angestellte, die meisten stammen hier aus diesem Dorf."

„Wenn mein Opa wüsste, was hier abgeht", dachte Tom und fragte: „Kann ich deinen Vater kennenlernen?"

„Das geht im Augenblick nicht, er leitet den Gospelchor der Kirchengemeinde. Sie üben gerade. Wenn du ganz still bist, kannst du sie hören", sagte Rahel. Tom lauschte, und was er hörte, war das alte Volkslied *Der Mond ist aufgegangen* von Matthias Claudius.

„Es ist ein Ständchen für meinen Großvater, er hat Geburtstag", erläuterte Rahel.

„Das ist aber kein afrikanischer Gospel", sagte Tom.

„Na und?", entgegnete Rahel, „in Afrika geht doch der gleiche Mond auf wie in Europa."

„Ja, so ist es", ertönte hinter Tom eine tiefe Stimme, „der Ausflug in die Zukunft ist beendet, ich bringe dich in die Gegenwart und in dein Bett zurück."

Am nächsten Morgen fragte sich Tom: „Was war das heute Nacht? Habe ich geträumt, oder war es Wirklichkeit? Bin ich tatsächlich auf einem Mondstrahl in die Zukunft geflogen? Wird es im Jahr 2084 wirklich so sein?

Na ja, wenn ich ein wenig Glück habe, kann ich es noch erleben ..."

Der Duft der Rose

Birgit Otten

Heute soll er kommen, sie haben es mir geschrieben. Das Wissen darum macht es nicht einfacher. Ich will ihn nicht, ich brauche ihn nicht, auch wenn andere das so bestimmen. Mein Vater hat den Hof mir anvertraut. Warum können sie das nicht auch?

Einen Moment lang spiele ich mit dem Gedanken, ihn einfach nicht hereinzulassen, aber das wäre kindisch, und ein Kind bin ich nicht. Und sie würden Wege finden. Das wäre nicht gut für mich.

Es ist alles so ungerecht. Ich wünsche mir manchmal, ich könnte weinen, aber das konnte ich nicht einmal, als Vater starb. Vater, der mich versprechen ließ, mich immer gut um den Hof zu kümmern, der mir vertraute, selbst als er mich allein lassen musste. Ich werde mein Versprechen halten.

Es klingelt unten am Eingangstor, und ich frage: „Wer ist da?“, obwohl ich es doch ganz genau weiß. Aber ich will es ihm nicht leicht machen, ihm zeigen, wer hier zuständig ist, gleich, was andere Leute bestimmen.

„Ronny Landau, ich bin angemeldet.“ Es ist die Stimme eines jungen Mannes, und ich betrachte ihn durch die Überwachungskamera. Schlank, groß, ein wenig zerzaust, die Kleidung lässig und verwaschen. Er sieht nicht so aus wie jemand im Dienst des Konzerns, und doch ist es der richtige Name.

„Können Sie sich ausweisen?“, frage ich wieder. Natürlich kann er das. Er hält das Dokument vor die Kameralinse, und ich weiß, er würde auch einen Fingerabdruck-Scan meistern, wenn ich darauf bestehen würde. Widerwillig öffne ich ihm die elektronische Verriegelung.

Er greift nach einem abgewetzten Koffer, der neben ihm steht und seltsam deplatziert wirkt in dieser Umgebung. Er schaut sich noch einmal um, als wolle er Abschied nehmen von der Welt da draußen, der Welt der Straßen und des Lärms.

„Nun kommen Sie schon“, drängle ich. „Ich habe nicht den ganzen Tag Zeit. Ich muss mich um die Plantagen kümmern.“

Er nickt nur höflich und kommt herein, betritt mein Reich und meine Welt. Mit einem leisen Summen schließt sich die Tür, hinter ihm und seinem bisherigen Leben.

„Du bist ... Greta“, stellt er fest, ein wenig fragend, ein wenig verwundert. „Man hat mir viel über dich erzählt. Ich war gespannt darauf, dich kennenzulernen.“

Ich versuche, weniger feindselig zu klingen. „Ihre Zimmer sind rechts den Gang hinunter, die Küche ist links und das Bad dahinter. Durch die Tür dort vorn geht es zu den Plantagen, aber das wissen Sie vermutlich schon alles.“

„Nenne mich ruhig einfach Ronny“, lächelt er. „Und, ja, ich habe die Pläne bekommen, aber ich fände es schöner, wenn du mir alles zeigst. Immerhin lebst du schon lange Zeit hier.“

„Ich habe zu tun“, behaupte ich wieder.

„Hör mal, Greta.“ Ronny greift nach seinem alten Koffer. „Man hat mich schon vorgewarnt, dass du nicht einverstanden sein würdest, dass ich hier Alberts Platz einnehme. Albert Monien war ein guter Mann und fähiger Chef dieser ganzen Anlage. Ich weiß, dass es verdammt schwer sein wird, in seinen Fußstapfen zu wandeln. Aber gib mir doch wenigstens die Chance, hm?“

Ich mustere sein junges, unverbrauchtes Gesicht, das noch nicht durch den Konzern verdorben wirkt, und versuche, es ihm noch einmal zu erklären.

„Es ist nichts Persönliches, Ronny. Aber es stimmt, ich wohne hier schon immer, erst mit meinen Eltern, dann nur noch mit Vater. Als Vater starb, hat er gewollt, dass ich weitermache. Er hat mir vertraut. Er wollte keinen anderen.“

Ronny schweigt, dann schüttelt er den Kopf. „Albert durfte das nicht entscheiden. Er arbeitete für den Konzern, und die haben das Sagen. Das weißt du doch, Greta. Die sind auch dein Boss.“

Plötzlich fühle ich mich beengt, weil ich natürlich weiß, dass er recht hat, weil ich nie wirklich frei sein werde und weil Vater tot ist und ich hier allein bin. Ich will darüber nicht nachdenken müssen. Ich möchte mich davon ablenken.

„Na gut", erkläre ich also. „Dann machen wir eben einen Rundgang."

Und so zeige ich Ronny alles, die ganze Anlage, die wir „Hof" nennen, obwohl es natürlich keiner ist, sondern ein Turmbau mit lauter Gewächshausterrassen. Nur mein Geheimnis zeige ich ihm nicht, den Garten, von dem sonst niemand weiß, dem Geheimnis zwischen Vater und mir.

Acht Etagen präsentiere ich ihm, weitläufige Hallen, künstliche Felder, gut gedeihendes Gemüse. Ronny bestaunt die Tomaten und Paprika, die vielen verschiedenen Bohnensorten, die Kürbisse, Gurken und Zucchini, die Erbsen, die Möhren und anderen Rüben, alle Sorten Salate und Kohl, die Kräuterbeete und die Ecke mit den alten Sorten, die das Kulturamt bestellt hat, um sie vor dem Aussterben zu bewahren. Ich zeige ihm die Beerenplantagen, die Nusshecken und die niedrigen Obstbäume, die ganz oben unter der Kuppel wachsen, unter der man nachts die Sterne sehen kann. Dann kehren wir wieder nach unten zurück, durchqueren die Geflügelhalle und gehen hinaus aufs überdachte Feld, wo unter der riesigen zeltartigen Plane Weizen, Hafer und Roggen wachsen.

„Mais haben wir auch, er ist dort um die Ecke", erkläre ich nicht ohne Stolz. „Reis anzubauen ist etwas heikel, aber wir haben dazu eine Testreihe im Keller mit großen Bottichen voller Wasser. Vater hat immer gern Neues ausprobiert. Er hat seine Arbeit hier geliebt."

Ronny ist beeindruckt und staunt. „Es ist wirklich eine Welt für sich, und sie ist wunderschön geworden. Und die wolltest du nun ganz alleine versorgen?"

„Natürlich nicht, denn wir haben ja Helfer, um das Pflanzsubstrat zu lockern, zu säen, zu düngen, zu bestäuben und zu ernten. Ich bin für die Bewässerung zuständig, für die richtige Mischung der verschiedenen Ernten, für die Bestellungen von Material, die Kontrolle der Zeitpläne und Arbeitsabläufe. Und ja, das hätte ich alleine gekonnt. Das war schon meine Aufgabe, als Vater hier der Chef war."

„Dann wird es auch weiterhin so sein", stellt Ronny anerkennend fest. „Es freut mich, von dir profitieren zu können."

Ronny ist gar nicht mal so übel, und mit der Zeit gewöhne ich mich an ihn. Ich fühle mich nicht mehr ganz so allein, und es tut gut, jemanden zum Reden zu haben, auch wenn es nur um Dinge geht wie das Einteilen von Futter oder die richtige Justierung der Außenreflektoren, um die Sonne gezielt auf die Beeren zu lenken. Ronny ist freundlich zu den Helfern und respektvoll zu den Pflanzen, und abends verbringt er gern seine Zeit unter der oberen Dachkuppel, macht sich Notizen, liest etwas oder scheint nur vor sich hin zu träumen. Ich beobachte ihn gerne dabei, aber das verrate ich ihm nicht.

Heute jedoch sehe ich, dass er einen Block bei sich hat, einen aus echtem altmodischen Papier, und eine Handvoll bunter Stifte. Meine Neugier ist groß, und ich mache mich bemerkbar. „Zeichnest du etwas? Darf ich es sehen?"

Er scheint nicht überrascht zu sein und schaut von seiner Arbeit auf. „Hallo, Greta. Gern, wenn du möchtest." Er hält mir das letzte Blatt entgegen, und ich erkenne einen kleinen Garten voller Blumen, die wunderschön und lebendig wirken. Dann blättert er ein wenig herum, und ich sehe Bilder von weiten Feldern, von Mondlicht, das auf Bäume scheint, ohne Kuppeln darüber und ohne Glas.

„Es sind Bilder von früher", stelle ich fest. „Als es noch nicht so viel Menschen gab, vor der Zeit der Konzerne und ihrer Türme. Als der Anbau sich noch nach den Jahreszeiten richtete und weniger effizient gewesen ist. Und viel zu abhängig vom unberechenbaren Wetter."

„Ja", nickt Ronny und betrachtet die Bilder. „Du hast deinen Geschichtsstoff gut gelernt. Diese Zeit finde ich interessant, weißt du? Es ist alles sicher viel schwieriger gewesen, aber doch auch – wie soll ich sagen – näher dran an dem, was den Menschen ausmacht."

Ich bin verwirrt. „Wie meinst du das?"

„Na ja ..." Ronny überlegt kurz. „Der Mensch hat sich aus der Natur entwickelt, und ob er es will oder nicht, es klebt noch immer Erde an ihm. Da kann er noch so sehr unter Kunstlicht sitzen und Dinge in Computer eingeben, er wird es merken, wenn er draußen ist und mit nackten Füßen über Erde läuft. Oder wenn er mit den Händen im Boden gräbt und pflanzt und gießt oder was auch immer. Da ist ein Teil in ihm, der klingt, wenn er ihn noch nicht ganz verloren hat. Die meisten Menschen können es noch hören."

„Du redest nicht wie ein Mann vom Konzern."

„Ich bin auch keine Marionette von denen." Ronny schlägt seinen Block vorsichtig wieder zu. „Und manchmal bin ich mir fast sicher, dass sie mich nur deshalb hierhergeschickt haben, um mich endlich los zu sein. Weit genug weg, um niemanden mit meinen komischen Gedanken anzustecken. Zur Strafe in eine Art Einzelhaft."

„He", protestiere ich. „Einzelhaft? Und was ist mit mir?"

„Ja, Greta", sagt er und lächelt schief. „Du bist natürlich noch hier, und auch die Helfer. Aber ihr kennt dieses Leben hier schon. Ich muss mich erst noch daran gewöhnen."

Die Zeit vergeht, und ich arbeite viel, wie ich es eigentlich immer mache, und abends rede ich mit Ronny und lerne ihn immer besser kennen. Er erzählt mir viel von sich und seinem Leben, das er einst vor diesem Leben hier führte, und ich höre zu und frage nach, denn ich kann nicht viel von mir selbst erzählen. Ich kenne nur dieses Leben hier, mit meinen Eltern, mit Vater, allein. Dafür weiß ich alles über die Plantagen, über das Geflügel, über Futter und Lagerung, über Dünger und Klima und wann und wie man am besten wässert.

„Du bist mir wirklich eine große Hilfe, Greta", bestätigt mir Ronny immer wieder. „Du scheinst dich wirklich mit allem auszukennen."

Aber das stimmt nicht, ganz und gar nicht. Es gibt Dinge, die mir auf ewig verschlossen bleiben.

Eines Morgens ruft Ronny mich zu sich, weil er etwas gefunden hat. „Sag mal, Greta", meint er zu mir, „du verwaltest doch alle Bestellungen. Ich bin hier in Alberts Dateien auf etwas gestoßen, das ich nicht verstehe. Wofür brauchte er Rosendünger? Wir haben doch gar keine Blumen, oder?"

Vielleicht hätte ich die Datei besser löschen sollen, aber ich habe immer noch zu viel Respekt vor Vaters Arbeit, als dass ich mich daran vergreifen will. Und ich kann es Ronny auch genauso gut sagen, ich habe jetzt genug Vertrauen gefasst.

„Doch", gebe ich daher leise zu. „Die haben wir. Wenn du es dem Konzern nicht verrätst, bringe ich dich hin."

Er fährt sich aufgeregt durch das Haar. „Wirklich? Natürlich werde ich es nicht weitertragen, ich bin doch nicht dumm, und das weißt du auch. Bitte, ich möchte sie zu gerne sehen."

Es ist das erste Mal, dass ich jemand anderem als Vater meinen geheimen Garten zeige, und ich bin etwas aufgeregt, als ich die Tür für uns öffne, die ein geheimer Mechanismus schützt. Vater und ich haben ihn eingebaut, um den einzigen Ort vor dem Konzern zu verbergen, der nur uns selbst gehören sollte.

„Sie haben bestimmt, dass auf allen verfügbaren Flächen ausschließlich Nutzpflanzen angebaut werden dürfen", erkläre ich, als ob Ronny das nicht selber wüsste. „Was nicht zur Nahrung dient, ist hier verboten. Aber Vater hat Blumen gemocht, und ich mag sie auch. Er meinte, Nahrung sei zwar für den Körper, aber Blumen wären für die Seele."

Ronny schmunzelt und tritt ein, und ich höre förmlich, wie es ihm die Sprache verschlägt. „Du hast Rosen!", ruft er begeistert aus. „Und Lavendel und Malve und Rittersporn ... da sind Veilchen und – sind das Sonnenblumen?"

„All das und noch vieles mehr", bestätige ich. „Ich mag meinen Garten, er ist schön geworden."

„Er ist wunderschön", lacht Ronny und nimmt alles genauestens in Augenschein. „Und ihr habt es all die Jahre geheim halten können! Greta, wirst du mir erlauben, zum Zeichnen hierherzukommen?"

„Natürlich", sage ich. „Sooft du es willst. Du magst die Blumen, du wirst ihnen nicht schaden."

Am Abend sitzt Ronny wieder unter der Kuppel und ist ganz vertieft in ein neues Bild, das er unten im Garten zu zeichnen begonnen hat. Er hält es mir hin, als ich neugierig schaue, und ich sehe eine der Rosenblüten mit ihren verschlungenen Blätterschichten.

„Schade, dass man ihren Duft nicht mit einfangen kann", meint Ronny, mit sich und der Welt zufrieden, während er noch ein bisschen herumkritzelt. „Aber sonst ist sie mir gelungen, oder?"

„Ja", antworte ich und fühle mich seltsam. „Sie sieht wirklich sehr natürlich aus."

Ronny legt seinen Block beiseite. „Greta, irgendetwas ist doch mit dir. Möchtest du nicht darüber reden?"

Ich weiß nicht, wie ich reagieren soll. Noch nie habe ich über das Fühlen gesprochen.

Ronny streckt sich auf dem Boden aus, die Arme verschränkt unter dem Kopf, den Blick nach oben in die gläserne Kuppel, in die Schwärze der Nacht gerichtet. Der Mond ist am Rande gut zu erkennen und wirft silbriges Licht zu uns herein, und viele Sterne blinken wie Lämpchen auf einem Kontrollmonitor.

„Ach, Greta", Ronny will freundlich sein. „Schau, das Universum ist groß und fern, und wir beide sind hier unten allein. Da sollten wir doch zusammenhalten."

„Ja", sage ich, und es klingt traurig. „So lange, bis auch du gehen wirst. Wie meine Eltern. Wie Vater. Wie alle."

„Albert war ein alter Mann, und Menschen sterben irgendwann. Das habe ich noch nicht so bald vor. Wir können hier noch so viel erleben."

Ich weiß nicht, wie ich es ihm erklären soll.

„Ronny, dies hier ist eine Plantage. Dinge werden gesät, sie wachsen, sie reifen, sie werden geerntet, um wieder Platz zu machen für Neues. Auch Menschen kommen und Menschen gehen. Nur ich nicht, ich bin anders. Ich gehöre hierher. Ich bleibe und kann nirgendwoanders hin. Ich kann nicht einmal den Menschen folgen, die mir etwas bedeuten."

„Aber dafür sammelst du Wissen. Das ist doch etwas Unschätzbares! Ohne dich würde der Hof hier nicht funktionieren."

„Ja", sage ich. „Und ich funktioniere. Aber ich weiß so vieles nicht, und ich werde es niemals wissen. Ich kenne den Duft der Rose nicht, die du zeichnest, obwohl ich sie hüte und für sie sorge. Ich weiß nicht, wie es ist, nachts zu träumen, obwohl ich dir dabei zuschaue. Ich weiß nicht, wie es ist, Erde zu sein und sie zwischen den Fingern zu spüren."

Ich weiß nicht, wie es ist, menschlich zu sein.

Denn ich bin G.R.E.T.A., die Garten-Robotik-Einsatz-Technik für kommerzielle Agrarwirtschaft, das Betriebssystem dieses Hofes hier, das ein Mann namens Albert Landau zu seiner Tochter machte, als es ein eigenes Bewusstsein bekam.

Ich halte diesen Hof am Leben.

Allein.

Algensteak – flüssig oder fest?

Klaus Paffrath

„Eine Überraschung, unser Enkel kommt zu Besuch, kommst du freiwillig, oder ist was passiert?" Lachend stand der alte Mann an der Haustür. Er freute sich über den seltenen Gast und umarmte ihn herzlich.

„Hallo, Opa, leider ist nicht viel Zeit, können wir das im Flymove besprechen? Zieh dir eine Jacke an, Oma kann dir noch was für den Weg mitgeben", sagte Tom. Er sah hektisch auf den linken Ärmel, auf dem Uhrzeit und Mails eingeblendet wurden. Seit dem frühen Morgen, dem Einsatzbeginn, war er online. Im Kragen waren Mikrophon und Lautsprecher integriert, Reibung und statische Aufladung der Synthetikfasern seiner Kleidung reichten für eine sichere Stromversorgung.

„Ein Flymove! Eure Dienstwagen sehen einfach klasse aus", sagte Toms Großvater, als sie eine Weile fast geräuschlos, nur von einem leisen Summen begleitet, einen halben Meter über den Boden hinweggerauscht waren. „Das Ding hier erinnert mich an ein Hovercraft, das ich als kleiner Junge noch kannte, so ein Luftkissenfahrzeug machte allerdings damals einen höllischen Lärm."

„Dienstwagen, hast du gesagt, was du immer für antiquierte Begriffe kennst!", sagte Tom.

„War halt eine andere Welt, in der ich aufgewachsen bin. Seit du bei der Sicherheitsfirma bist, sieht man dich ja gar nicht mehr. Und jetzt nimmst du mich sogar mit auf große Fahrt. Ist wohl wirklich was passiert."

„Das wissen wir noch nicht, weil niemand was mit dem Fund anfangen kann. Wir haben da eine merkwürdige Sache entdeckt, und unsere Scanner schalten auf „Error", das Ding ist unbekannt, nicht programmiert. Was immer es ist, das darf es gar nicht geben."

Der Flymove rauschte mit den beiden Insassen über die Landschaft, flog meist mit einem Abstand von einem halben Meter über grüne Glasflächen, die bis zum Horizont reichten. Nur gelegentlich mussten sie einigen

Glasbuckeln ausweichen, die sich aus der Ebene emporhoben, Dörfer und Kleinstädte unter Glaskuppeln, klimatisiert, dadurch im Winter wie im Sommer gleich temperiert. Die Glasbuckel hatten Ein- und Ausfluglöcher, in die andere Flymoves wie Wespen oder Bienen hineinhuschten oder herausschnellten. Manchmal war die unendlich erscheinende Glasfläche, einem smaragdgrün funkelnden, wellenlosen Meer gleichend, unterbrochen, dann erhoben sich graue Felsformationen steil in den Himmel.

„Also, an diese verglasten Algenteppiche kann ich mich einfach nicht gewöhnen", sagte der Großvater.

„Wieso, ist doch eine saubere Sache, es geht alles vollautomatisch, die Algen wachsen unter dem Glas in geschlossenen Systemen, Schaber ziehen ständig über die Glasflächen und tragen die neuen Algenkulturen ab, transportieren sie auf Sortenstraßen, auf denen festgelegt wird, ob sie in Treibstoff oder Nahrungsgel umgewandelt werden. Bei der Nahrung kannst du von zuhause die Geschmacksrichtung und Packungsgröße festlegen. In nicht einmal 60 Minuten liegt es bei euch auf dem Tisch, gerade für alte Menschen sehr bequem. Alles ist hygienisch sauber ..."

„... und schmeckt auch so", ergänzte der Großvater unwirsch, „aber erzähl mal, was passiert ist!"

„Wir sind gleich da, ein schwarz-weißer Berg organischen Ursprungs, so viel steht fest, schwarz-weiß gefleckt wie ein riesiger aufgedunsener Dalmatiner. Wirst dich noch wundern", prophezeite Tom.

Nach kurzer Fahrt setzte der Flymove sanft auf. Große Inhalatoren stülpten sich aus der Gehäuseunterseite und saugten den Staub auf, der durch die Landung aufgewirbelt wurde. Am Rande eines Granitgebirges, das die grüne Glaslandschaft unterbrochen hatte, lag ein riesiger Kadaver. Die sommerliche Wärme hatte den Körper aufgebläht. Das, was da vor ihnen lag, erinnerte tatsächlich an einen gigantischen Dalmatiner.

Der Kadaver war mit rotem Laser abgesperrt. Tom gab der Wachmannschaft einen Wink, und der Laser schaltete sich ab. Sie näherten sich, dabei ließ sich Tom Eukalyptusduft zufächeln, der aus einem Röhrchen in der Brusttasche in Richtung Nase strömte. „Sie hatten bei der Uniform auch an alles gedacht", sagte er dankbar zu seinem Großvater.

„Das ist eine schwarz-bunte Kuh, Deutsche Holsteins", sagte der Großvater erschrocken, „auf hohen Milchertrag getrimmt, aber das wird dir nichts mehr sagen." Er kniete sich hin und sah sich den Kopf an, der etwas verdreht mit dem Maul im Staub lag. Er griff an die zotteligen Ohrmuscheln. „Früher waren sie mit Ohrmarken gekennzeichnet, aber hier ist nichts zu finden", sagte der Großvater, der zwei kleine Kerben im äußeren Knorpel nicht erwähnte.

„Na ja, riecht nicht umwerfend, so eine tote Kuh, aber erinnert mich an meine Kindheit, da sah man manchmal tote Tiere auf der Straße, platt gefahren durch Reifen, auf denen die Autos früher fuhren, Frösche und Kröten waren manchmal so dünn gewalzt wie Lederlappen."

„Und wofür war so was gut?", fragte Tom.

„Was denn, du meinst die Kuh? Bei uns gab es früher die Geschichten von den ausgestorbenen Dinosauriern, viele Bücher und Filme sogar in Lichtspieltheatern, na ja, die hießen damals schon Kinos, aber das wird dir auch nichts sagen. Damals gab es noch Bauernhöfe, und die hielten und züchteten Vieh, Kühe, Pferde, Hühner. Und diese Tiere, sogenannte Nutztiere, produzierten alles das, was heute aus den Algen gefertigt wird, nicht nur Biomasse zur Energiegewinnung, sondern auch Nahrung, die so schmecken soll wie damals Fleisch, Butter, Milch oder Eier von den Tieren."

Tom sah den Großvater ungläubig an. „Ich hätte nie gedacht, dass du zu der Zeit gelebt hast, ich kenne noch einige Geschichten dieser schlimmen Zeit, dachte, das war irgendwann im Mittelalter. Im Geschichtsunterricht wurde uns mal erzählt, sie hätten Pflanzen aus der Erde gegessen."

„Stimmt genau, Salat, Kartoffeln, Spargel, Getreide, so was gab es und wurde in der Erde kultiviert und gedüngt."

„Zum Düngen fallen mir gerade noch mehr Schauergeschichten ein, echt krass", sagte Tom.

„Wieso krass? Das war ein Stoffkreislauf", sagte der Großvater.

„Könnten wir das später besprechen, ich will gleich was essen, und die Geschichten von damals sind einfach nur eklig. Mir hat einer erzählt, die hätten damals Exkremente der Tiere auf die Felder gebracht und die Pflanzen, die dadurch gediehen, gegessen. Opa, das waren Fäkalien, warum haben sie den Mist dann nicht gleich gegessen, diese Kotfresser!"

„Nein, die Erde wurde dadurch mit Nährstoffen angereichert. Die Kühe produzierten Mist und Gülle, die dann auf die Felder gestreut wurden, Gülle brauchte zum Beispiel der Mais zum Wachsen. Von der Gülle oder dem Mist hat man im Produkt, also Salat oder Fleisch, nichts mehr geschmeckt. Das ist vorher verfault und verrottet."

„Fies, das wird ja immer schlimmer, verfault und verrottet, womöglich noch verschimmelt. Bitte keine Details mehr, Opa."

Der Großvater musste innerlich schmunzeln. Was es früher alles gegeben hatte, dachte er, echten Käse mit Edelschimmel, Rotwein aus faulen Trauben, Eiswein, der nur aus verschimmelten gefrorenen Trauben gekeltert wurde und himmlisch schmeckte.

„Das ist jedenfalls eine Kuh, die es aus der Vergangenheit bis in die Neuzeit geschafft hat."

„Eben", sagte Tom, „und das darf nicht passieren. Die sind seit Jahrzehnten ausgestorben."

„Vernichtet hat man sie", schimpfte sein Großvater, „angeblich sollen sie die Klimakiller gewesen sein, nur weil bei den Wiederkäuern im Magen Methan entsteht, ein Treibhausgas. Anstatt Methan aufzufangen, wenn die Tiere im Stall untergebracht sind, hat man sie einfach abgeschafft und die Haltung verboten. Nach und nach, zeitgleich mit der Einführung der Superalge, aus der man alle Produkte nachmodellieren konnte, wurden dann auch die übrigen Haus- und Nutztiere verboten. Aber zum Glück wird es doch noch irgendwo diese Ökorebellen geben, die sich wie weiland Noah kleine private Archen gebastelt haben und auf bessere Zeiten warten."

„Mal langsam, Opa, du wirst solche Leute doch hoffentlich nicht unterstützen?“

„Ich unterstütze nur den guten Geschmack. Leider kennt ja unsere heutige Jugend nicht mehr den unverfälschten Geschmack von einem Steak medium, einem frischen Landei oder von Tomaten und Radieschen.“

„Du kannst dir jede Geschmacksrichtung auswählen“, sagte Tom.

„Genau, eine Geschmacksrichtung, aber die Richtung des Geschmacks geht in die Irre, in eine Sackgasse. Unser Essen besteht heute aus naturidentischen Aromastoffen, Imitaten, Geschmacksverstärkern, Stabilisatoren, zertifizierten Gerüchen auf einem ölbedampften Geschmacksträger, der aus Algen komponiert wurde. Die Festigkeit soll mal an Fleisch, mal an Pudding oder Ähnliches erinnern. Sieh dich doch um, wir haben nur noch eine Monokultur, die Alge. Früher hattest du Wurst und Käse, die rochen einzigartig, und im Laden wurdest du gefragt: ‚Geschnitten oder am Stück?‘ Heute fragen sie bestenfalls: ‚Soll ich Ihnen die Wurst in die Flasche füllen?‘ Demnächst kannst du den Aufschnitt inhalieren. Aber was rede ich da, erinnern werden sich nur noch die Alten, die Jungen sehen sich nicht einmal die historischen Filme an. Alles, was wir früher gemacht haben, Ackerbau und Viehzucht, ist plötzlich eklig und überholt. Ich will nicht wissen, was sie irgendwann in den Algen finden. Das sind synthetische Produkte für Menschen, die nicht mehr wissen, was Natur bedeutet.“

„Opa, was ist los? So kenne ich dich ja gar nicht, warum regst du dich so auf?“, fragte Tom erschrocken, „übrigens ist die Diode an deinem Ärmel von Grün auf Rot umgesprungen.“

„Ach, es ist doch alles für die Katz, was ich hier sage“, meinte der Großvater und klebte sich ein Medikamentenpflaster auf den Unterarm. Die Leuchtdiode am Ärmel wechselte von Rot über Lila zu Grün.

„Dieses Wesen muss vom Gebirge in eine Algentrasse gerutscht und dann quer unter dem Glas bis zu diesem Ausgang gelangt sein. Wahrscheinlich ist das Ding aus Erschöpfung zerstört worden", sagte Tom im Gespräch mit der Zentrale in sein Headset hinein.

Sein Großvater rollte mit den Augen. „Wenn ich das schon wieder höre, das Ding sei zerstört worden. Das hier ist keine Marssonde, die sich auf falschem Kurs selbst zerlegt, das hier war ein Lebewesen, das seinem Besitzer mit frischer Milch und vielleicht einem Kälbchen viel Freude bereitet hat."

Tom bedeutete seinem Großvater, ruhig zu sein. Er sprach offensichtlich noch mit der Basis. „Nein, nein, kein Konflikt mit der Bevölkerung, eher ein, na, sagen wir Generationenkonflikt. Aber zurück zum Fund, es scheint sie wirklich zu geben, diese Ökorebellen, die rückwärtsgewandt wie vor hundert Jahren leben wollen. Das Ding hier wirkt abgesehen davon, dass es tot ist, gepflegt, hat zwar ein paar grüne Algenflecken, da es unter dem Glas gelaufen ist, aber es ist wohlgenährt mit glänzender Oberfläche."

„Fell", rief der Großvater dazwischen.

„Ich werde es scannen und dann thermisch zerlegen", sagte Tom in das Headset hinein.

„Und was passiert dann mit der Kuh?", fragte der Großvater.

„Die Asche werde ich in Glas-Castoren einschmelzen. Zur Sicherheit, falls später Beweismittel nötig werden."

Der Großvater murmelte etwas, das Tom nicht verstand. Er spürte aber, dass er schlecht gelaunt war, und vermied es nachzufragen. Der alte Herr – wie auch Toms Oma – wirkte etwas deprimiert in letzter Zeit. Oft hatte er sie nicht gesehen. Seit sie bedauerten, dass er für die Sicherheit arbeitete, hatte er sich rar gemacht. Er würde gleich den Großvater zurückfahren. Vielleicht käme Oma mit dem Apfelstrudel, wie sie zu dem süßen Algengericht sagte. Ein Kuchen sei es, Eier, Butter, Mehl, bis sein Opa der Oma ins Wort fiel und meinte, die Algenmischung habe einen ähnlichen Geschmack wie die damaligen Originalzutaten. Dennoch wunderte sich Tom über den eigenartigen Geschmack, den er an anderen Algenspeisen noch nicht entdeckt hatte. Mehrmals hatte er vergeblich nach dem Herstellungsalgorithmus gefragt und nach den Koordinaten der Glastrasse, die diesen speziellen Algentyp im Programm hatte.

Als er Großvater nach Hause brachte, stand schon die Oma mit sorgenvoller Miene in der Haustür.

„Ach, nichts, es ist das Alter", sagte sie abwehrend, als Tom ihr helfen wollte.

Er verabschiedete sich und sah die beiden in der Rückwärtskamera winken.

„Es war Berta", sagte der Großvater zu seiner Frau, „habe sie an den beiden Kerben in der Ohrmuschel erkannt, war nichts mehr zu machen, sie war schon tot, als wir ankamen. Er hat sie vor Ort eingeäschert, sie werden wohl nicht herausbekommen, woher sie stammte. Zum Glück hat sie vorher noch kalben können. Zusammen mit den Tieren, die Merzenichs versteckt haben, ist die nächste Generation gesichert. Ich werde jetzt das Glasdach vom Stall säubern, die grünen Algen abstreifen. Sonst werden sie durchs Überaltern noch rotbraun, und die Satellitenaufsicht wird argwöhnisch."

„In welchen Zeiten leben wir eigentlich?", fragte die Großmutter mit müder, brüchiger Stimme.

Der Großvater war schon an der Tür, drehte sich noch mal um, wollte etwas entgegnen, doch ein dicker Kloß steckte in seinem Hals. Er schüttelte kaum merklich den Kopf und ging in den Stall, der unter dem grünen Glasdach aus der Satellitenperspektive wie die Produktionstrasse der Universalalge aussah.

Begegnung im Offlinebetrieb

Christian Simon

Es war brütend heiß in der Kabine. Er drehte den Zündschlüssel noch einmal um. Ein paar Lichter leuchteten am Armaturenbrett auf, sonst tat sich nichts. Der Schweiß tropfte förmlich von seiner Stirn, verschmierte auch seine Brillengläser. Er schwitzte wohl wegen der Hitze, aber auch wegen des Gedankens, das Gefährt ruiniert zu haben, auf dem er hier in dieser gottverlassenen Einsamkeit zwischen frisch gedroschenen Feldern, Wiesen, Äckern und ein paar Wegen saß.

Er nahm die Brille ab, zog sein T-Shirt hoch und fuhr sich damit über das Gesicht. Was tun, wenn der Traktor nicht mehr anspringen würde? Was würde die Reparatur kosten? Vor allem: Was würde seine Mutter sagen? Und wie würde er überhaupt jemals aus diesem Acker herauskommen? Erst jetzt hatte er gemerkt, dass der Traktor irgendwie schief dastand. Es schien, als hätten sich die Räder auf einer Seite in die Erde eingegraben. Er stand auf und öffnete die Tür der Fahrerkabine auf der gegen den Boden geneigten Seite. Die Tür schnellte nach außen, zog nach unten und riss ihn mit. Er berührte noch eine der Stufen, die er eigentlich hatte hinuntersteigen wollen, und schon tauchte er mit beiden Händen in die aufgeworfenen Erdschollen des Ackers. Ausgestreckt blieb er auf dem Bauch liegen. Nein, er müsste jetzt nicht auf einem frisch gepflügten Stück Erde liegen, weil er gerade aus der Kabine eines Traktors gestürzt war.

„Normalerweise" wäre er um diese Zeit des Jahres viel in der Gameworld oder im Fitland unterwegs. Aber „normal" war schon länger nichts mehr. Spätestens seit seine Mutter beschlossen hatte, dass ihr Leben in der Stadt nicht mehr weitergehen könne, hatte sich alles geändert. Ihm mit seinen fünfzehn Jahren war zwar bewusst gewesen, dass es auch irgendetwas außerhalb der Städte geben müsste. Aber was und wie das sein sollte, hatte ihn nie sonderlich interessiert und war für ihn auch nie relevant gewesen.

Bis zum Tag X hatte sich sein Leben so abgespielt wie das aller Gleichaltrigen, die er kannte: Zehn Stunden am Tag Schulsimulation, danach Gameworld oder Fitland; seine Mutter arbeitete im Nebenraum in ihrer Simulation, die Geschwister waren tagsüber in der Kindergartensimulation. Das Zustellservice-Abo mit der Nahrung kam meist schon frühmorgens, je nachdem, wie die Lage draußen war. Wenn die Schulsimulation gewartet wurde, blieb mehr Zeit für die Gameworld und das Training im Fitland. Die Wohnung hatte er zuletzt verlassen müssen, als man ihm dem Blinddarm entfernte.

Seit dem Tag X funktionierte die Schulsimulation nur mehr sporadisch, das Zustellservice-Abo blieb immer öfter aus. Die Mutter war unruhiger als sonst und sprach immer öfter vom „Bauernhof" des Großvaters, der seit dessen Tod vor ewigen Zeiten ihr gehörte. Mutter selbst war noch niemals dort gewesen. Er wusste nicht, was ein „Bauernhof" war. Die Mutter bestand aber darauf, dass der „Bauernhof" die einzige Alternative zum Stadtleben sei. Man wäre dort nicht auf das Funktionieren der Stadt angewiesen, könne eigene Nahrung erzeugen (wie das gehen sollte, war ihm schleierhaft), und die Auswirkungen des Tages X seien dort nicht so sehr spürbar.

Die Entscheidung der Mutter, „auf das Land zu ziehen", wie sie es nannte, war endgültig. Sie studierte nun wochenlang uralte Wikipedia-Einträge zur „Landwirtschaft". Ihm befahl die Mutter als Vorbereitung auf ihren Umzug, auf den „Bauernhof" im Gameworld-Antiquariat ein Spiel namens „Farmville" zu spielen. Es war todlangweilig, und er sah keinen Sinn darin.

Erst als er den ersten Schock nach dem Umzug auf das Land überwunden hatte und sich auch ins Freie traute, dämmerte ihm langsam, was ihn erwarten würde. Farmville zu spielen würde jedenfalls nicht ausreichen, um die Fähigkeiten zu erwerben, die er auf dem Bauernhof brauchen würde. Das Leben auf dem Land war anders als alles, was er zuvor erfahren hatte. Sicher, das Netz war auch auf dem Land verfügbar. Aber es genügte nicht, von der Simulationskonsole aus zu arbeiten, wie das in der Stadt der Fall gewesen war. Wenn man einen Bauernhof führte – und das war der Plan der Mutter, den auszuführen er mithelfen musste, ob er wollte oder nicht –, war es nötig, „selbst Hand anzulegen", wie der Nachbar das nannte. Klar, die Simulationskonsole schlug vor, welche Arbeitsschritte man wann auszuführen hatte. Danach war man aber auf sich selbst gestellt. Schlug die Konsole etwa vor, Winterraps zu pflanzen, so musste als erster Schritt der Boden dafür vorbereitet werden. Dies hatte mit einem „Pflug" zu geschehen, der den Boden aufriss und wendete. Danach musste man ein „Saatbeet" schaffen, zum Beispiel mit einer sogenannten „Kreiselegge". Pflügen und Eggen geschah nicht von der Konsole aus, sondern am Feld und mithilfe des Traktors.

Die Mutter bestand darauf, dass er das Pflügen, Eggen und das Säen des Winterrapses erlernte. Um Ersteres hatte er sich noch drücken können. Der Nachbar, der ihn das Pflügen lehren sollte, führte ihm die Funktionsweise von Traktor und Pflug so lange vor, bis das kleine Feld schließlich ganz durch den Nachbarn gepflügt war. Er freute sich, dass er es hatte vermeiden können, selbst zu pflügen. Doch das Reden und überhaupt der Kontakt mit dem Nachbarn waren ihm unangenehm. In der Stadt war es nicht üblich (oder möglich) gewesen, so lange direkt in Kontakt mit Menschen außerhalb der eigenen Familie zu stehen.

Um das Eggen war er aber nicht mehr herumgekommen. Dabei war ihm auch das Malheur mit dem Traktor passiert. Offensichtlich hatte er irgendetwas an der Kreiselegge falsch eingestellt, und sie hatte sich zu tief in den Boden gegraben. Für den Traktor war das zu viel gewesen, der Motor würgte ab.

Er lag nun ausgestreckt am gepflügten Acker, hinter ihm der Traktor, der nicht mehr laufen wollte.

Der Nachbar, der gemeint hatte, das Eggen wäre jetzt schon zu schaffen, war weggefahren. Er versuchte, einen klaren Kopf zu fassen, wurde aber abgelenkt, als er sich aufrichtete und bemerkte, wie braun und stark seine Hände geworden waren. Zugegeben, das gefiel ihm. Sollte er hier am Land Zugang zum Fitland bekommen, müsste er unbedingt versuchen, seinen eigenen Rekord im Bankdrücken mit dem Langhantel-Controller zu brechen. Er hatte irgendwie das Gefühl, nach den vier Monaten, die er am Bauernhof mitgearbeitet hatte, stärker zu sein als zuvor.

Vielleicht kam das aber auch von der Nahrung, die es hier gab. Die Mutter sagte jetzt „Essen" dazu und bereitete es selbst zu. Er war perplex, als er das erste Mal eine Mahlzeit mit Früchten kosten musste, die die Mutter in ihrem Garten mühevoll gezogen hatte: Es entfaltete sich ein Geschmack in seinem Mund, den er niemals zuvor wahrgenommen hatte und der ihn auch an nichts erinnerte, was er jemals zuvor gekostet hatte. Er sträubte sich aber nun nicht mehr gegen das Essen der Mutter. Und, ja, es schmeckte ihm. Er würde das der Mutter gegenüber nie eingestehen, aber es war sogar besser als die Mikrowellennahrung, die er früher zu besonderen Anlässen bekommen hatte und die so etwas wie seine Lieblingsspeise war.

Momentan nahm er auch einen neuen Geschmack wahr. Es war der Geschmack von Erde und Schweiß. Er wusste nicht, ob Erde genießbar war, und spuckte deshalb trotz seiner trockenen Kehle mehrmals auf den Boden, auf dem er nun stand. Als er seinen Kopf wieder hob, bemerkte er eine Staubwolke, die über den Horizont zog. Er nahm sein Multifunctional Device (MuFuDe) aus der Hosentasche und fokussierte mit der Linse die Staubwolke. Am Screen konnte er nun ein EMX in ziemlich rasanter Fahrt erkennen. Die Solarpaneele am EMX blendeten, und durch den Staub konnte er die Person, die sich unter dem Helm verbarg, auch bei stärkstem Zoom nicht erkennen. Offenbar fuhr das EMX aber in seine Richtung, was seine inzwischen schon fast verklungene Verzweiflung wieder aufflammen ließ: Denn wenn er auf etwas keinen Bock hatte, war es „zwischenmenschlicher Kontakt" (wieder so ein Ausdruck von Mutter) und vor allem nicht darauf, erklären zu müssen, warum er an einem heißen Augustnachmittag verschwitzt und schmutzig auf einem Feld neben einem funktionsuntüchtigen Traktor stand. Also musste er eine Lösung finden, wie er den Traktor wieder zum Laufen bringen konnte, um zumindest so zu tun, als sei alles in Ordnung, wenn das EMX vorbeifuhr.

Das Vibrieren des MuFuDe in seiner Hand riss ihn aber schon nach wenigen Sekunden wieder aus seinen Gedanken. Am Screen poppte eine Nachricht auf: „Gameworld Super League Track and Trace Message – Lola2070 approaching". Das Profilbild von Lola2070 erkannte er sofort. Es zeigte die Tochter des Nachbarn, der gerade vorhin vom Feld gefahren war. Er hatte sie vor ein paar Wochen aus der Ferne mit dem Traktor ihres Vaters fahren sehen. Irgendwie hatte er sich damals gewünscht, sie kennenzulernen. Nur wusste er nicht, wie er das offline anstellen sollte.

Gerade aber zeigte ihm das „Track and Trace"-System an, dass Lola2070 in seiner Nähe war.

Lola2070 war die Gamerin, der Star der Gameworld. Er hatte es geschafft, in ihr Multiplayer-Team zu kommen. Mit ihrem Team ist er die Highscore-Liste hinaufgeklettert. Ihr konnte er als Gamer nicht das Wasser reichen. Sie war perfekt, in jeder Hinsicht.

„WTF?!", dachte er sich. Er konnte sich keinen Reim auf diese Message machen. Er erinnerte sich zwar daran, dass er nach seiner Aufnahme in die Gameworld Super League die „Track and Trace"-App installiert hatte, um auch wirklich alle Vorteile des Super-League-Status nutzen zu können. Klar hatte er sich keine Gedanken darüber gemacht, was passieren würde, wenn er geortet werden würde oder jemand anderer, der das „Track and Trace"-System auch freigeschaltet hatte, sich ihm nähern würde. Die Wahrscheinlichkeit, jemanden abseits der Gameworld – sozusagen im richtigen Leben – zu treffen, ging in der Stadt ohnehin gegen null. Und so hatte sich auch die App, die ihm anzeigte, wann ein Super League Gamer in der Nähe war, der auch das „Track and Trace"-System nutzte, noch nie gemeldet. Bis jetzt.

Er klickte auf die Karte der Tracking-App und verfiel in Panik: Lola2070 war 1,5 Kilometer von ihm entfernt. Und sie näherte sich ihm. Trotz eines erneuten Schweißausbruches kombinierte er: Lola2070 ist die Tochter des Nachbarn. Lola2070 weiß, wer ich bin, weil sie so wie ich eine Tracking Message bekommen hat. Lola2070 rast mit dem EMX auf mich zu. Lola2070 wird hier vorbeifahren und meine Niederlage mit dem verdammten alten Traktor entdecken.

Jetzt zitterten seine Hände, gleichzeitig waren sie schweißnass. Er wollte schreien. Wo waren die Ruhe, die Präzision, die Schnelligkeit, die er als Gamer so gut draufhatte und die Lola als seine Teamleaderin so gut gefunden hatte? Er atmete tief durch und schloss die Augen. Und da war die Lösung: Es war das Netz!!! Die Antwort liegt immer im Netz.

Der Touchscreen des MuFuDe war voller Schweiß, er rutschte beim Tippen ab, schaffte es aber dann doch: „Traktor springt nicht an", hatte er getippt. Er drückte *Enter*, die Suche ergab ungefähr 280.000 Ergebnisse. Das könnte es sein: „Bedienungsanleitung McFormick XGX 3000" – Dokument öffnen – Suche im Dokument „Zündung" – wieder *Enter*: „Der McFormick XGX 3000 kann bei eingeschalteter Zapfwelle nicht gestartet werden. Die Zapfwelle ist durch eine Halbdrehung des Schalters K vor der Zündung jedenfalls wegzuschalten."

Er drehte sich um, flog die Stufen zur Fahrerkabine des Traktors hinauf und hechtete in den Sitz. Die Staubwolke kam immer näher. Zapfwelle!? Er erinnerte sich, griff zur Seite und drehte vorsichtig am gelben Schalter. Dann drehte er den Schlüssel im Zündschloss. Der Traktor lief. Er hob die Kreiselegge mit der Dreipunkthydraulik etwas an und legte vorsichtig einen Gang ein. Langsam bewegte sich der Traktor nach vorne und fuhr problemlos aus der Grube heraus, in die er sich teilweise eingegraben hatte. Er war gerettet. Er lenkte das Gefährt zum Ende des Feldes, der Staubwolke entgegen. „Jetzt nur einen souveränen Eindruck machen", dachte er sich. Er versuchte, sich zu entspannen, war aber viel zu nervös. Wie sollte er reagieren, wenn das EMX vorbeikam? Sollte er Lola eine Nachricht schreiben? Sollte er winken? Sollte er gar nichts tun?

Die Staubwolke war jetzt da. Er hielt den Traktor an, zog die Handbremse und versuchte, seinen linken Unterarm möglichst lässig auf das Lenkrad zu lehnen, während er sich mit der rechten Hand verkrampft am Ganghebel festhielt. Sein Herz raste, als der Staubwolke neben dem Feldrand Lola2070 entstieg. Den Sturzhelm in ihren Händen haltend, warf sie ihre Haare zurück. Dann lächelte sie ihn an. Er lächelte zurück.

Schweine auf der Überholspur

Anne Stoll

„Wow!" sagte Monchichi Bauerfeind.

„Nicht wahr?" fragte Mosolf Tadajewski stolz und strich sich das schüttere Haar aus der Stirn.

„Sieht wirklich aus wie echt!" Monchichi beugte sich vor und stupste das Schwein an. Es lächelte freundlich und stellte sich auf die Hinterbeine. Ein Seamless™-Verschluss wurde sichtbar.

„Cool!", sagte Monchichi.

Zufrieden lächelnd fegte Mosolf einen letzten Krümel Polstermaterial hinter dem Ohr des Schweins hervor. Monchichi war zwar ein Idiot, einer der Spätgeborenen, die diese abartigen Vornamen wie eine Auszeichnung trugen und nicht wie eine schlecht verheilte Narbe. Mosolf wünschte seine Eltern, die damals dem neu erwachenden Trend nachgegeben hatten, immer noch zum Teufel. Seine beiden kleinen Schwestern Aronal und Elmex waren schon mitten in die Welle hineingeboren worden und hatten keine Probleme damit gehabt. Doch Monchichi beherrschte die Kunst des ehrlichen Staunens wie kein Zweiter. Sein Outfit war wie immer das Neueste vom Neuesten: Eine Atomdauerwelle in der Farbe gekochten Rotkohls einschließlich Apfelstückchen, ein Kevlar-Anzug in angesagtem Rostmetallic mit passendem Schal. Wirklich und wahrhaftig. Und er war gekommen, Mosolfs neues iSchwein zu bewundern.

„Muss es erst an die Steckdose?", fragte er.

Mosolf schüttelte den Kopf. „Es hat eine photovoltaische Haut und muss –" er lächelte, gespannt auf Monchichis Reaktion – „gefüttert werden."

Der riss die Augen auf, die er kaum vom Wunderwerk der Agrartechnik zu lösen vermochte. „Gefüttert? Womit?"

„Sie haben es so realistisch wie möglich gestaltet", erwiderte Mosolf. „Man kann es quasi mit allem füttern, was der Agro-Store führt. Hier, das ist eine Probepackung mit den beliebtesten Produkten." Er reichte Monchichi eine Schachtel aus dünner Pappe.

„Wahnsinn!", stieß der hervor. „Das ist wirklich aus Papier?" Seine Fingerspitzen strichen behutsam über die bedruckte und geprägte Oberfläche. „Wer hätte gedacht, dass so was überhaupt noch hergestellt wird?" Er hob den Kopf und musterte Mosolf neidisch. „Das muss ein Vermögen gekostet haben!"

Mosolf zuckte die Schultern. „Ging eigentlich", sagte er leichthin. „Die Pankontinentale Union fördert iSchweine, wenn man seinen Veröler über mindestens ein Jahr mit einem Wirkungsgrad von 15 % oder mehr betreibt. Meiner läuft seit 2081 mit –" er kippte die flache Hand hin und her – „etwa 17 %. Letztes Jahr sogar mit 19."

„Wie machst du das? Schmeißt du deine Oma mit rein?"

Peinlich berührt betrachtete Mosolf seine Schuhspitzen. Das mit dem Veröler war in der Tat eine heikle Geschichte. Jeder Bürger, der einen Garten von mehr als 1000 Quadratmetern oder eine noch so winzige Landwirtschaft sein Eigen nannte, war von der Pankontinentalen Union zur Anschaffung eines Verölers verpflichtet worden. Diese hässlichen Kästen wurden mit allem organischen Abfall gefüttert, dessen man habhaft werden konnte. Die Veröler wandelten ihn mittels aus Erdduktionsfeld erzeugter Hitze und Hochdruck in relativ kurzer Zeit in etwas um, das man mit etwas gutem Willen als Erdöl bezeichnen konnte. 80 % der Ausbeute ging an die Regierung, die damit einen Großteil des verbliebenen öffentlichen Verkehrs und eine sehr kleine Flugzeugflotte betrieb.

Die Bevölkerung hatte zunächst gestaunt, dass diese Geräte so freimütig vergeben worden waren. Doch schon bald offenbarte sich das psychologische Kalkül, das dahintersteckte. Die Besitzer traten in Wettbewerb zueinander, insbesondere als sich herausstellte, welche attraktiven Prämien es bei erfolgreichem Betrieb herauszuholen gab. Schon lange sah man keine streunenden Katzen mehr, und Hundebesitzer taten gut daran, ihre Fiffis an der Leine zu behalten. Friedhofsgärtner klagten über einen Mangel an Pietät in der Bevölkerung.

„Na ja“, murmelte Mosolf.

„Man hört ja so einiges“, sagte Monchichi. „Sie mussten wieder mehr Waldwächter einstellen deswegen.“

„Letztens wurde das Leichenschauhaus an der Ronsdorfer Straße nachts leer geräumt“, nickte Mosolf.

Das Schwein grunzte naturgetreu. Monchichi stieß einen Schrei des Entzückens aus, riss die vielbewunderte Pappschachtel auf und streute ein wenig vom Inhalt auf seine flache Hand. Das Schwein grunzte erfreut, ließ sich auf alle viere nieder und fraß ihm aus der Hand.

„Och, ist das SÜSS“, machte Monchichi und streichelte die photovoltaische Kopfhaut des, nun, Tiers. Sie fühlte sich an wie feinste Mikrofaser.

„Nicht so viel“, mahnte Mosolf. „Ich habe schon gehört, dass das Vieh auf Umsatz programmiert wurde. Natürlich bekommt man kompatibles Futter nur im Agro-Store. Und man muss selbst herausfinden, welche Mischung am besten funktioniert. Ich werde es Melba nennen“, fügte er nach einer Pause hinzu und zupfte das iSchwein zärtlich am Ohr. Auf dessen Stirn erschien ein Sonnensymbol, die photovoltaische Haut brauchte Licht zur Energieproduktion. Mosolf schob das iSchwein ans Fenster. Es knabberte an seiner Hand und stellte sich wieder auf die Hinterbeine. Seine Haut hatte einen pfirsichrosafarbenen Ton angenommen, laut Anleitung ein Zeichen für Produktivität. Einige Minuten später quiekte es kurz.

„Schon fertig?“, fragten die beiden Männer wie aus einem Munde.

Das Schwein lächelte unverbindlich.

Mosolf trat vor und öffnete den Seamless™-Verschluss. Er glitt sahnezart und geräuschlos nach unten, die beiden Hälften des Schweinebauchs rafften sich automatisch und synchron zur Seite. Im Inneren sah man ein edel schimmerndes verzweigtes Sleeky™-Bag-System in einer dezent illuminierten, doch schwer zu definierenden Farbe, die bezaubernd mit dem Pfirsichrosa der Haut harmonierte, das nun nach vollendeter Produktion sacht verglomm. Mit offenem Mund sahen die beiden zu, wie eine appetitliche, nicht zu rosafarbene Masse dampffrei aus einer unechten Edelstahldüse in einen echten Near-Nature™-Darm gefüllt wurde. Auf der Stirn des Schweins erschien eine auf Rot stehende Ampel, etwas summte leise.

„Der Trocknungsvorgang", erklärte Mosolf flüsternd.

„Gibt es so was eigentlich auch schon als Kuh?", raunte Monchichi zurück.

Mosolf schüttelte den Kopf. „Das Biogas ist zu wichtig. Und das haben sie inzwischen ja recht gut im Griff. Wenn ich da an die Anfänge denke ..." Er gluckste. „Kannst du dich an Pfannis Kuh Olga und den Zwischenfall mit der ersten Gasabsaugungsanlage erinnern?"

Monchichi wischte sich bereits die Lachtränen aus den Augenwinkeln. „Es hat sie förmlich auf links gekrempelt, als der Unterdruckstabilisator ausfiel."

„Mann, hat die blöd geguckt. Und der Pfanni erst", grölte Mosolf.

Vom Fenster her erklang ein freundlicher Flötenton. Die Ampel auf der Stirn des iSchweins sprang auf Grün, die fertige Wurst wurde verzwirbelt und mit einem Kunststoffclip geschlossen. Das Schwein breitete die Vorderbeine aus und grunzte eine Fanfare.

„Darf ich?", fragte Monchichi atemlos.

„Bitte", sagte Mosolf mit einer einladenden Handbewegung.

Monchichi beugte sich vor und pflückte die Wurst aus der Halterung. Der Schweinebauch glättete sich, der Seamless™-Verschluss glitt geräuschlos in die geschlossene Position. Monchichi und Mosolf beäugten die frischgebackene Wurst und schnupperten daran, befingerten sie, drückten sie.

„Schwacher Kümmelduft, leicht geräuchert, sehr appetitlich", sagte Monchichi.

„Dann mal ab in die Pfanne damit“, befand Mosolf und schaltete den Herd ein. Während er mit der Ausrichtung der Solarpanels hantierte, erklang aus dem Nichts eine wohltönende weibliche Stimme: „Sie haben Post.“

„Guckste mal danach? Ich warte auf eine Lieferauskunft zu Fertighasen“, sagte Mosolf und goss Öl in eine Pfanne.

Monchichi warf ihm einen bewundernden Blick zu und zog den virtuellen Bildschirm auf.

„Und?“, machte Mosolf.

Monchichi räusperte sich. „Äh, es ist nur Reklame.“

„Wofür?“

„iSchwein 2.0“, murmelte Monchichi so leise wie möglich.

Doppelpluszart

Björn Werner

Ächzend und knarrend fährt das vier Stockwerke hohe Eisentor zur Seite, verfolgt von 15 Paar bangen Augen unter Sicherheitshelmen. Hinter dem Eisentor offenbart sich die tiefe Dunkelheit einer gigantischen Fabrikhalle. Und die Helme rücken enger zusammen, drängen sich zu einem kleinen gelben Haufen auf dem weiten Grau des Firmenhofes. Nur vierzig kurze Meter von der Halle entfernt, deren Dunkelheit mit ihrem Schatten nach den Fußspitzen der Besucher greift. Was von dort herauskommen wird, wissen sie nicht. Nur eines scheint gewiss: Es wird gewaltig sein. In vorgeschriebener Sicherheitskleidung steht die Gruppe da, mit einheitlichen Helmen, einheitlichen Brillen, einheitlichen Westen und mit einheitlich schlotternden Knien. Die Gruppe selbst ist bunt gemischt. Zuvorderst steht ein kleiner Junge von ungefähr acht Jahren. Er presst sich dicht an seinen Großvater. Bang, aber auch neugierig linst er durch seine weit gespreizten Finger. Er hält sie sich vor die Augen, um nicht erschreckt zu werden. Denn er ist sich sicher: Durch so ein großes Tor kann nur ein brüllender Riesenaffe kommen. Offene Münder und große Augen halten die Spannung. Dann ist es so weit. Aus dem Tor kommt … ein kleiner lächelnder Mann. Furcht einflößend wie ein Plüsch-Pinguin kommt er ihnen fröhlich entgegen: „Herzlich willkommen!“ Und so löst sich die Anspannung in heiterem Geplapper auf. Doch da taucht plötzlich noch etwas auf! Direkt hinter dem scheinbar ahnungslosen Mann. Der weiter grinsend auf die nun erstarrten Gesichter zuläuft. Es ist groß, sehr groß! Und grün? Undefinierbar, aber doch irgendwie vertraut. Immer mächtiger baut es sich hinter dem Mann auf. Jemand murmelt: „Oh meine Güte! Ein Zeppelin? Ein grüner Zeppelin!“ Der kleine Junge weiß es besser. „Es ist eine Gurke, eine riesige, fette Gurke!“ Der Großvater verbessert: „Zucchini!“ Junge: „Eine riesige, fette Gurke, die Zucchini heißt.“ Der Mann stellt sich als Direktor der Fabrik vor und schüttelt den Damen und Herren ihre verkrampften Hände. Während diese ameisenartig noch immer die Riesenzucchini anglotzen. Welche auf winzigen Schienenwägelchen herausfährt. Nur mit Mühe gelingt es dem Direktor, sich die Aufmerksamkeit zurückzuerschwatzen. Mit einführenden Worten dirigiert er die Gruppe langsam Richtung Eingang:

„Die Nahrungshallen Chemie AG ist heute einer der führenden Lebensmittelhersteller der Region. Gegründet 2016 als herkömmlicher Produzent von Fertignahrung, hat sie sich im Laufe der Jahre doch stets gewandelt. Ein ständiges Problem – damals wie heute – ist der schlechte Ruf von Fertignahrung im Allgemeinen. Weswegen sich die Firma dann auch ab den dreißiger Jahren verstärkt auf so genannte Analognahrung konzentrierte. Hierbei in erster Linie auf Schinken und Käse. Produkte, die zwar im Ruf nicht besser dastanden, dafür aber drei entscheidende Vorteile besaßen: Sie waren preiswert, günstig und nicht teuer. Doch die herkömmliche Landwirtschaft hat, unfair wie sie ist, durch appetitliche und wohlschmeckende Erzeugnisse den Kunden stark verwöhnt. Also mussten wir, um am Markt zu bestehen, uns weiter verbessern."

Er muss kurz Luft holen, was eine junge Frau für eine Zwischenbemerkung nutzt: „Und so sind Sie auf die Idee mit dem Riesengemüse gekommen, weil es günstig ist, gut aussieht und schmeckt!"

Direktor: „Nein. Wir kamen auf die Idee, noch günstiger zu produzieren! Und um das zu verwirklichen, haben wir uns vollkommen auf die Herstellung von rein synthetischer Nahrung spezialisiert. Was wir seit 2079 schon im fünften Jahr erfolgreich betreiben. Ich sehe Ihre erstaunten Gesichter. Synthetisch? – Ein immenser Fortschritt! Wir brauchen keinen Dünger und keine Gewächshäuser. Unser Gemüse muss nicht einmal mehr selbst wachsen. Wir produzieren es!"

Und während die Riesenzucchini noch hinter ihm vorbeifährt, erklärt er mit flammender Begeisterung: „Bei diesem Erzeugnis sprechen wir nicht von Gemüse, sondern von einem Gemüsedouble. Die Hülle ist organisch und wird in einem Verfahren, ähnlich dem in einer Glasbläserei, hergestellt. Sie wird mit einer biosynthetischen Flüssigkeit befüllt und kommt dann für 174,5 Stunden auf sich drehende Rollen ins Reifelager. Bei diesem Vorgang setzen sich immer mehr der Grundstoffe, von außen nach innen, als imitierte Fruchtmasse ab. Bis schließlich der ganze Rohling bis zum Kern durchgereift ist. Nach einwöchiger Stilllagerung ist die Frucht dann fertig: homogen, kernlos und geschmackvoll. Danach erfolgt nicht eine Ernte, sondern ein Stapellauf der Zucchini. Diese Frucht ist natürlich ein wenig zu groß für den Wochenmarkt, darum fahren wir sie von hier aus direkt in die Sägerei, danach in die Verarbeitung. Die Endprodukte sind dann Zucchini-Kompott, Zucchini-Auflauf oder Zucchini-Schweinefuttermehl. Und letztendlich kaum noch geschmacklich von einer gewachsenen Zucchini zu unterscheiden."

Durch die Eingangstür betreten sie als Erstes die „Rinderzucht". Der Name ist ein wenig verwirrend, da es hier weder Rinder gibt noch etwas gezüchtet wird. Zu sehen sind güllegrubengroße Flüssigkeitsbecken mit heuwenderbreiten Rührwerken, das dafür aber, so weit das Auge reicht. Danach geht es weiter durch ein Rohrleitungsnetz, in das die Anlagen und Silos irgendwie eingeflochten sind. Natürlich sind es keine Heusilos, sondern welche, die gefüllt sind mit Granulaten oder sirupartigen Substanzen. Überall sind Überwachungskameras, Kontrollanzeigen und vereinzelt sogar im Produktionsdschungel verlorene Menschen, die nach dem Rechten sehen.

Als Nächstes steigt die Besuchergruppe über eine kleine Metalltreppe auf eine Art Brücke hinauf. Von wo man eine gute Sicht auf das Förderband darunter hat. Auf diesem läuft endlos ein matschiger, fingertiefer braun-roter Brei. Sie halten kurz an, so dass der Direktor mit seinen Ausführungen fortfahren kann: „Hier sehen wir den sogenannten Fleischkuchen. Dieser läuft dort hinein und wird auf zwei Zentimeter Stärke zusammengewalzt. Hier kann man seine fein-fasrige Konsistenz erkennen."

Die Gruppe geht weiter. Vorbei an rotierenden Messern und Pressformen. Strahlend stellt sich der Direktor ans Ende des Förderbandes, wo die fertigen Steaks in einen kleinen Trichter fallen, aus dem sie klarsichtverschweißt herausfallen und auf einem anderen Band ihre Reise fortsetzen.

„Und so schaffen wir in Minuten, wofür die Natur Jahre gebraucht hätte." Blindlings fischt er eines der Steaks vom Band und streckt es präsentierend der Gruppe entgegen. Welche aber sofort angewidert zurückschreckt. „Lieferbar in drei verschiedenen Varianten: zart, pluszart und doppelpluszart!" Erst jetzt bemerkt er, dass nicht nur die Verpackung, sondern das ganze Steak transparent ist. „Oh, da gibt es wohl ein kleines Problem. Liegt sicher nur am Farbgranulat oder am Bindemittel. Ich spreche mal kurz mit der Endkontrolle. Bin gleich wieder da."

Es sind lediglich drei Schritte zur Kontrollstation. Dort steht mit leerem Blick ein pausbäckiger Kontrolleur. Immer wieder zieht er ein Steak vom Band und pfeffert es in ein Aluminiumfass. Darauf steht groß „Gourmetgulasch". Der Direktor redet in erregtem Flüsterton auf ihn ein. Was aber keinerlei Veränderung in dessen gleichgültiger Miene zur Folge hat. Nach einer Minute ist er zurück bei der Gruppe. Und sogleich knipst er sein Lächeln wieder an. „Alles in Ordnung. Das Problem wird schon behoben."

Einige beugen sich über das Fass. Steaks im Gestrandete-Quallen-Design kleben dort aneinander und stinken erbärmlich. Die Gesichter erbleichen, nur ein junger Chemiestudent bleibt ungerührt und nutzt die Gelegenheit, Fragen zu stellen: „Was sagen Sie denn zu dem jüngsten Skandal Ihrer Fabrik? Die Sache mit der unverdaulichen Wurstscheibe, die vor ein paar Monaten durch die Presse ging. Als sie diesem armen Kerl das Ding mühsam aus dem Magen holen mussten. Wie stellen Sie sicher, dass ein solcher Fehler nicht wieder vorkommt? Und noch viel wichtiger: Wie haben Sie es geschafft, ein solch widerstandsfähiges Material herzustellen?"

Direktor: „Das war eine wirklich unglückliche Geschichte. Aber seien Sie beruhigt. Wir haben seither unser Kontrollsystem weiter perfektioniert. Ein solcher Fehler wäre heute absolut undenkbar." Klatsch! Ein weiteres

Steak landet in der Tonne. Und klebt etwas unschön an der allzu durchsichtigen Behauptung. „Die Sache ist aber doch gut ausgegangen. Das falsch produzierte Wurstmaterial erwies sich als chemischer Glücksfall und als hervorragend geeignet für die Herstellung von Autoreifen. Es steht kurz vor der Zulassung!"

Der Funke der Begeisterung will aber nicht so richtig auf die etwas betretenen Gesichter überspringen. Um peinliches Schweigen zu vermeiden, versucht es der Student noch mit einer möglichst harmlosen Frage: „Was passiert denn mit dem Abfall?"

Mit breitem Grinsen ist der Direktor wieder voll in seinem Element: „Da sind wir ganz besonders stolz darauf. Es gibt gar keinen! Wir produzieren hier nach dem 100%-Recyclingsiegel. Das heißt, alles wird dem Produktionsprozess wieder zugeführt."

Ein älterer Herr muss sich daraufhin kurz die Hand vor den Mund halten. Etwas gekränkt entschließt sich der Direktor, die Führung nun ein wenig zu beschleunigen: „Die Obst-Spritzgießerei und den Käsereaktor müssen wir aus Zeitgründen leider auslassen. Dafür begeben wir uns ohne lange Umwege direkt zum Höhepunkt des Rundgangs, dem Eierlabor."

Der kleine Junge ist ganz aufgeregt vor Freude: „Ja, ich will die Hühner sehen!"

Direktor: „Aber nein, mein Junge. Wir brauchen hier keine Hühner. Unsere Eier werden von winzig kleinen genveränderten Bakterien gemacht. Die bauen Stück für Stück die Eiweißstruktur in den vorgefertigten Kalkschalenhüllen auf. Ist das nicht eine tolle Sache?!"

Der Junge will davon aber nichts wissen: „Nein! Für Eier braucht man Hühner, das weiß doch jedes Kind."

Vor dem Eierlabor halten sie noch einmal an. Mit ernster Stimme spricht der Direktor nun ein heikles Thema an. „An dieser Stelle möchte ich mich noch mit ein paar persönlichen Worten an Sie wenden. Denn letztendlich sind Sie es, der Konsument, der die chemisch-synthetische Lebensmittelindustrie so tatkräftig unterstützt. In der Vergangenheit wie auch heute hat diese mit Problemen zu kämpfen. Da gibt es die landwirtschaftlichen Betriebe, die uns mit stetiger Modernisierung harte Konkurrenz machen. Kontinuierlich steigern sie ihre Produktivität durch effizientere Maschinen und Arbeitstechniken. Hinzu kommen noch die sich seit Jahrzehnten vermehrenden Bio-Bauern. Mit Schlagworten wie ‚Gesundheit' und ‚Nachhaltigkeit' schaden sie uns ganz besonders. Unter Missachtung der alten industriellen Traditionen produzieren auch diese inzwischen in enormen Mengen skrupellos hohe Qualität. Die Nahrung muss nun nicht nur gut aussehen und schmecken, sondern auch noch gesund und natürlich sein. Aber wir werden uns diese Marktanteile wieder zurückerobern." Der Direktor wendet sich an die jüngste Zuhörerin, ein fünf Jahre altes Mädchen. „Was meinst du denn, meine Kleine? Wie machen wir das?"

Mädchen: „Noch viel mehr von dem Qualität machen wie die Bi-bo-Bauern!" Auf diese Antwort war der Direktor nicht gefasst. Und sein Gesichtsausdruck verrät, dass ihm ein solcher Gedanke auch absolut fremd ist. Aber schon hat er ihn freudig wieder verdrängt: „Richtig! Wir erweitern unsere Produktpalette!" Mit Schwung schwenkt er die Tür zum Eierlabor auf. Dort sieht es sehr nach weißen Kitteln und Reagenzgläsern aus. Aber auf dem Tisch ist die ganze Vielfalt ungezügelter Eiphantasien aufgebaut. Wie Matrjoschka-Puppen stehen sie dort aufgereiht, von Wellensittich- bis Straußeneigröße. Aber das ist noch lange nicht alles. Quer aufgeschnittene Eier liegen dort in sämtlichen, dem Geometrieunterricht entsprungenen Formen. Auch die Farbvielfalt ist beeindruckend. Und das nicht nur bei den Schalen, sogar das „Eiweiß" schimmert in allen Regenbogenfarben. „Der Farb- und Formgebung sind praktisch keine Grenzen gesetzt. Wir könnten sogar Eier in Bananenform produzieren. Aber am praktischsten ist natürlich die Quaderform, die kann der Osterhase am besten stapeln." Neckisch drückt er dem kleinen Mädchen ein entsprechendes Exemplar in die Hand. Dieses bricht jedoch in Tränen aus. Die Vorstellung eines eierstapelnden Hasen ist ihr dann doch zu viel.

„Nur das Eigelb bereitet uns noch ein wenig Probleme. Darum lassen wir es momentan noch weg. Aber dafür haben unsere Eier etwas, das andere nicht haben. Ich darf es Ihnen gerade einmal demonstrieren." Er nimmt eines der normal aussehenden Eier und klopft es ganz sachte auf den Tisch. Die Schale teilt sich wie bei einem Schokoladenei exakt in der Mitte. Ein hart gekochtes lila Eiweiß kommt heraus. Er hält es sich an den Mund und posiert für ein Foto, beißt dann aber doch nicht hinein und legt es stattdessen wieder auf den Tisch. „Eine eingearbeitete Sollbruchstelle! Für diese Idee haben wir den Großen Designerpreis der Chemischen Industrie und den Preis für Innovation in der Verpackungstechnik bekommen. Leider muss ich Sie nun an dieser Stelle verlassen. Die Arbeit ruft. Ich hoffe, es hat Ihnen gefallen. Schauen Sie sich ruhig noch ein wenig im Labor um. Meine Mitarbeiter werden Ihnen gerne alle Fragen beantworten. Ich bedanke mich recht herzlich und wünsche Ihnen noch einen angenehmen Tag."

Zurück in seinem Büro, lässt er sich in seinen Drehsessel fallen. Seine Sekretärin kommt herein. „Sind Sie mit der Führung schon fertig?"

Direktor: „Ja, endlich fertig. Eine schreckliche Gruppe. Wahrscheinlich Leute vom Lande. Vorlaute Kinder und misstrauische Erwachsene. – Stehen für heute noch Termine an?"

Sekretärin: „Nein, das war der letzte."

„Gut, dann werde ich jetzt ins Wochenende gehen."

Sekretärin: „Fahren Sie wieder aufs Land?"

Direktor: „Ja, ein wenig Ruhe und Erholung habe ich mir jetzt wirklich verdient. Ein paar Tage auf dem Bauernhof werden mir guttun. Mal wieder nach den Tieren sehen. Es ist Kirscherntezeit. Ich pflücke Ihnen auch welche. Vielleicht gibt es selbst gemachte Butter. Und natürlich bringe ich Ihnen auch wieder frische Hühnereier mit."

Die Sache mit dem Wein

Eva Wodarz-Eichner

Die Sache war ebenso einfach wie genial. Im Nachhinein wundere ich mich, dass nicht auch andere darauf gekommen sind. Aber vielleicht braucht man erst ziemlich viel Druck, damit einem die wirklich guten Ideen kommen. Und bei uns war der Druck gewaltig. Verdammt gewaltig sogar. Unser vollautomatischer Bioreaktor mit angeschlossenem Power-Management im Keller war plötzlich kaputtgegangen. Eine Katastrophe, denn ohne ihn hatte unser ganzer Hof keine Energie mehr. Keine katalytische Biomassenreaktion, kein synthetisches Sonnenlicht in den Ställen der Wagyu-Bullen und der Highland Cattles, keine Rapsölproduktion, kein Biostrom für das öffentliche virtuelle Netz und damit auch keine Einnahmen mehr. Wir brauchten schnellstens einen neuen Reaktor, doch der sollte 100.000 Chinesische Pfund kosten, das waren umgerechnet 250.000 Mars-Taler oder eine Million Mondmünzen. Geld, das Papa nicht hatte. Zumindest nicht auf die Schnelle.

Und da ist ihm die Idee mit der Zeitmaschine gekommen. Wie gesagt, der Plan war ebenso einfach wie genial. Wir würden eben mal achtzig Jahre zurückreisen, in die Vergangenheit, direkt ins Jahr 2084. „Warum ausgerechnet dahin?", werden Sie jetzt vielleicht fragen. Ganz einfach. Wenn Sie Weinkenner sind, kommen Sie vielleicht darauf. 2084 war schließlich der Jahrtausendjahrgang. Die Weine erzielten Spitzenpreise, und das tun sie noch heute. Erst neulich ist eine Flasche Rheingauer Auslese Erstes Gewächs Grand Cru Millésime für sage und schreibe 15.000 Chinesische Pfund versteigert worden. Kein Wunder, dass mein Vater hier das große Geschäft witterte. Und er kam sich cleverer vor als alle anderen, die sich daran versucht hatten.

Das mit der Zeitmaschine ist eigentlich recht simpel. Die gibt es schon seit zwanzig Jahren, und viele wohlhabende Leute haben sich so ein Ding zugelegt. Auch unsere Nachbarn, die Melzers. Die haben auf ihrem Hof mit Biotreibstoff aus Algen schon vor Jahren ein Vermögen gemacht. Und nun machen sie sich gelegentlich den Spaß, auf Urlaub ins Jahr 220 nach Christus zu fliegen. Nach Rom, zum Baden in den Caracalla-Thermen. Sogar Latein haben sie dafür gebüffelt – oder besser gesagt, sie haben ein paar der sauteuren Lateinlern-Pillen eingeworfen, und seitdem können sie reden wie Cicero. Dekadent, so etwas. Aber jedenfalls haben sie Papa großzügig ihre Maschine ausgeliehen, als er sie darum gebeten hat. Für eine kleine gemütliche Weinreise, wie er ihnen sagte.

Und eine Weinreise haben wir ja auch wirklich gemacht. Natürlich dachte mein Vater nie daran, die Flaschen mit in die Zeitmaschine zu nehmen. So schlau waren andere vor ihm auch schon gewesen. Aber es hatte nie funktioniert. Der Wein hatte die schnelle Reise durch die Zeit einfach nicht vertragen. Als man wieder in der Gegenwart ankam, waren die guten Tropfen stets zu Essig geworden. Wein ist halt empfindlich. Übrigens auch alle anderen Sachen, die man versucht hat, aus der Vergangenheit mitzubringen. Römische Schwerter sind einfach weggerostet, und ein van Dyck ist sogar vor den Augen seiner entsetzten Käufer zerbröselt. Den Wein einfach mitzunehmen kam also für uns nicht in Frage. Papas Plan war deshalb deutlich raffinierter. Er hatte zwar vor, in der Vergangenheit den Wein einzukaufen – aber er würde ihn einfach dort lassen, an einem geheimen Ort einmauern. Natürlich in einem gleichmäßigen weinfreundlichen Klima. Am besten in einem schönen Gewölbekeller. Dann würden wir einfach wieder in unsere Zeit zurückreisen, den Wein aus dem Versteck holen und unseren „Zufallsfund" anschließend teuer versteigern.

Papa wusste auch schon genau, wo er den Wein verstecken wollte. Nämlich im Gewölbekeller unserer denkmalgeschützten Scheune aus dem Jahr 1995. Ich muss dazu vielleicht erklären, dass Papa den Hof vor einigen Jahren von Opa geerbt hat und er schon Generationen vorher in unserer Familie war. Leider inzwischen etwas heruntergekommen. Ich mochte unseren Opa sehr gern, auch wenn er mit dem Hof nicht immer ein glückliches Händchen hatte und ihn viele für einen komischen alten

Kauz hielten. Und einen trinkfesten noch dazu. Papa erzählt immer, dass Opa gern seine engsten Freunde – und das waren nicht wenige – zu einem „geselligen Weinabend“ einlud. Von gutem Wein verstand Opa wirklich eine ganze Menge. Und vielleicht hat er Papa letztlich auch auf die Idee gebracht, die Sache mit dem Wein zu versuchen.

An einem Mittwochabend haben wir dann die „Operation Grand Cru“ gestartet. Die Reise selbst war ganz einfach. Papa und ich sind in die Zeitmaschine geklettert, wir haben den Sommer 2084 eingegeben, und los ging's. In Sekundenbruchteilen waren wir da. Schwieriger waren da schon die Vorbereitungen, die wir vorher treffen mussten. Tagelang war Papa unterwegs, bis er genügend alte Plastik-Eurorubel aus der Zeit vor 2084 aufgetrieben hatte. Die werden natürlich längst als Sammlerstücke gehandelt. Aber die Chinesischen Pfund gab es damals eben noch nicht, zumindest nicht bei uns. Natürlich brauchten wir auch zeitgenössische Kleidung, die wir schließlich in einem Kostümverleih bekamen. Und auch die Sache mit dem Transport musste Papa mühsam organisieren. Wir konnten ja nicht einfach mit der Zeitmaschine bei den Weingütern vorfahren. Wir mussten uns also ein Auto mieten – eines dieser komischen Hybridfahrzeuge mit Wasserstoff-Bioethanolantrieb, die damals noch nicht schweben konnten. Zum Glück hatten Melzers so ein Ding in ihrem kleinen Privatmuseum, da konnte Papa heimlich ein wenig das Fahren üben. Und dann hatten wir im Familienarchiv noch Uropas alten Personalausweis, der damals gleichzeitig als Führerschein galt und gerade erst 2082 erneuert worden war. Noch mehr Glück hatten wir, dass Papa ihm auf dem 4-D-Hologramm mit Sprachchip relativ ähnlich sah. Wie er die Sache mit dem gescannten Fingerabdruck und der Netzhauterkennung hingekriegt hat, weiß ich allerdings bis heute nicht. „Du musst auch nicht alles wissen, mein Junge, das ist in diesem Fall besser so“, sagt Papa stets leicht ungehalten, wann immer ich ihn darauf anspreche.

Jedenfalls sind wir dann mit unserem Mietauto in den Rheingau gefahren. Es war ein schicker polareisfarbener Volks-Chevy aus Indien, mit

Massagesesseln, Plasma-Cabriodach und stufenloser 20-Gang-Automatik. Das Ding hätte locker 300 Sachen fahren können, wenn nicht auf Autobahnen mittlerweile Tempo 100 eingeführt worden wäre. Auf den Whirlpool im Heck haben wir bewusst verzichtet, wir wollten ja schließlich so viele Weinkisten wie möglich transportieren. Die Fahrt selbst werde ich nie vergessen. Es war ein schöner Sommer, wir haben das Plasma-Dach dematerialisieren lassen und die warme Sonne genossen. Links und rechts zogen goldgelbe Felder an uns vorbei. Es war Bioweizen, schon damals ein echter Exportschlager aus Deutschland.

Ja, Deutschland war tatsächlich schon damals Weltspitze in grüner Technologie und in umweltverträglicher Landwirtschaft. Unsere Bioprodukte verkauften sich überall bestens. „German Müsli" war damals wie heute ein Markenartikel, mit garantiert nachvollziehbarer Dokumentation aller Inhaltsstoffe, vom Roggenkorn bis zur Rieslingtrauben-Rosine. Wer wollte, konnte per Livestream dem Produzenten „seines" Müslis bei der Arbeit zusehen – heute kann man sich sogar direkt hinbeamen lassen und bekommt dann eine Privatführung. Und als Fukushima halb Japan unbewohnbar gemacht hatte, war Deutschland auch zum Hauptproduzenten von Wagyu- und Kobe-Rindern geworden. Die standen den Sommer über auf den Almen und im Winter auf den Salzwiesen an der Nordsee, was ihrem Fleisch seinen einzigartigen Geschmack gab. Papa züchtet die Wagyu-Rinder ja heute auch.

Interessant fand ich auch die mittlerweile schon wieder veralteten Magnetschwebe-Mähdrescher, die auf einigen Feldern zu sehen waren. 2084 waren sie noch brandneu und hatten erstmals den Riesenvorteil, dass sie den Boden nicht zusammenpressten und so auch keine kleinen Tiere mehr überfahren konnten. Heute ist das natürlich Standard, Papa hat auch so ein Modell, einen MSM 3000 sogar. Auch Pestizide gab es damals schon fast keine mehr, soweit ich das feststellen konnte. In der Tele-Schule habe ich gelernt, dass es die lückenlose Satellitenüberwachung etwa ab 2070 möglich gemacht hat, Schädlinge aus dem All exakt zu lokalisieren und dann eine genau berechnete Anzahl ihrer natürlichen Fressfeinde auf das Feld zu lassen. Diese Technik war Ende des Jahrhunderts dann bereits so ausgefeilt, dass Gen-Food praktisch überflüssig wurde.

Aber ich wollte ja vom Wein erzählen. Auch hier ging der Trend zurück zur Natur. Die deutschen Winzer hatten es nach vielen Jahrzehnten endlich geschafft, wieder zur Weltspitze aufzuschließen. Rheingauer Riesling überflügelte die besten Bordeaux-Jahrgänge, geschmacklich wie preislich. Und gerade deswegen wollte mein Vater im Sommer 2084 ja gerade im Rheingau seinen Großeinkauf machen.

Das haben wir dann auch gemacht. Sechs Flaschen hier, zwei Kisten da. Bloß nicht mehr, damit es nicht auffiel. Mehr hätten wir auch gar nicht bekommen, denn aufgrund der strengen Qualitätsvorschriften war die Erntemenge pro Hektar sehr begrenzt worden, und die Subskriptionskunden standen bereits Schlange. Jedenfalls hatten wir am Ende der Reise gut fünfzehn Kisten an Bord. Allesamt Grands Crus und Auslesen – solche mit bester Lagerfähigkeit. Mein Vater hatte sich natürlich vorher genau erkundigt, welche Weine am längsten halten würden.

Die Weinflaschen haben wir dann in unserem Gewölbekeller versteckt. Das hört sich leicht an, war aber eine Heidenarbeit. Denn es war ja eigentlich nicht „unser" Keller, zumindest damals noch nicht. In der Nacht haben wir uns heimlich aufs Gelände geschlichen. Wir kannten uns ja aus. Und aus alten Erzählungen wussten wir, dass Urgroßvater einen Hund namens Hasso hatte, der höchst wachsam war, aber gern Walnusseis schleckte. Und tatsächlich bellte Hasso uns an – bis Papa ihm eine Portion Eis entgegenschleuderte, die er mit reichlich Schlafmittel getränkt hatte. Hasso war fortan keine Gefahr mehr. Dennoch dauerte es Stunden, bis wir den ganzen Wein in den Keller getragen und versteckt hatten. Die Flaschen polsterten wir gut mit alten Zeitungen, die wir in einem Winkel der Scheune gefunden hatten. Und dann kam der schwierigste Teil. Wir mussten die Ecke des Kellers zumauern – und zwar so, dass Urgroßvater es nicht bemerkte. Zum Glück war im Keller noch eine Menge Ziegelsteine aufgeschichtet: Wir brauchten uns nur zu bedienen.

Es dauerte mehrere Stunden, doch dann hatten wir es endlich geschafft. Vor die Kellerwand, an der wir die Flaschen aufgestapelt hatten, hatten wir eine zweite Wand gesetzt. Mit reichlich Gerümpel tarnten wir unser Werk. Wir waren uns sicher, niemand würde etwas bemerken. Die sechzig Zentimeter, die der Keller jetzt schmaler war, würden garantiert nicht auffallen. Beste Voraussetzungen also, um die Flaschen viele Jahre später gut erhalten wieder ans Tageslicht zu befördern …

Zwar war in dieser Nacht alles glattgegangen. Aber irgendwie hatte ich bei der ganzen Aktion kein gutes Gefühl. Gerade so, als würde uns jemand heimlich beobachten. Und ich sollte recht behalten. Denn als wir schließlich in unsere Zeit zurückgekehrt waren und die Zeitmaschine wieder bei Melzers abgeliefert hatten, gingen wir natürlich voller Neugier in den Keller. Und was soll ich sagen? Unsere Mauer war zwar noch da. Aber in der Mitte klaffte ein großes Loch, das bestimmt schon etliche Jahre alt war. Und dahinter lagen wahllos verstreut einige unserer Flaschen – ausnahmslos leer.

„Das muss Opa gewesen sein“, kam es mir in den Sinn. Und er war es als kleiner Junge wohl auch gewesen, der uns bei unserem nächtlichen Treiben beobachtet hatte. Und der viele Jahre später, als ihm der Hof gehörte, unsere Flaschen aus dem Versteck geholt hatte. Damit wurde uns natürlich auch klar, wieso Opa in unserer Gegend als solch großer Weinfreund und -kenner galt. Klar, er hatte ja die besten Rheingauer Tropfen des Spitzenjahrgangs 2083 im Keller seiner Scheune liegen, und er hatte wohl auch den einen oder anderen mit seinen Freunden geteilt.

Mein Vater war am Boden zerstört. Er hatte so viel Energie in seinen Plan gesteckt, und Opa hatte ihn vereitelt. Aber am Ende hat es dann doch noch geklappt mit dem großen Geld. Dank unserem Nachbarn, Herrn Melzer. Neben den leeren Flaschen lagen nämlich noch die alten Zeitungen, in die wir sie zum Schutz eingewickelt hatten. Und eine davon war die „Frankfurt Times“ vom 28. Februar 2084. Natürlich ein wenig zerknüllt, aber kaum vergilbt und vor allem ohne Stockflecken. Die „Frankfurt Times“ war die letzte Zeitung, die überhaupt noch auf Papier gedruckt worden war. Zuletzt nur noch in einer Auflage von 1.000 Exemplaren, für ein paar Liebhaber und Nostalgiker. Und an diesem 28. Februar war dann eben endgültig Schluss. Heute suchen Sammler in aller Welt wie wild gerade diese Zeitung. Und eben auch Herr Melzer. 150.000 Chinesische Pfund hat er uns dafür bezahlt, ohne mit der Wimper zu zucken. Er war selig. Und wir auch.

So hat sich unsere Reise ins Jahr 2084 am Ende doch noch ausgezahlt – wenn auch ganz anders, als Papa dies geplant hatte. Aber irgendwie ist uns diese Lösung sogar noch sympathischer. Denn wir haben jetzt nicht nur unseren neuen Bioreaktor und einen glücklichen Nachbarn. Sondern wir haben ganz nebenbei auch noch Opa glücklich gemacht. Und vielleicht ist es gerade dieses Glück, das er letztlich an Papa und mich weitergegeben hat. Aber genug davon, ich muss jetzt Schluss machen. Melzers nehmen mich nämlich gleich mit in die Römerzeit. Zu einem Gladiatorenkampf im Amphitheater von Trier. Und den will ich auf keinen Fall verpassen. Vielleicht vergrabe ich hinterher sogar ein paar römische Goldmünzen neben dem Eingang. Man weiß ja nie …

Die Autoren

Annette Amrhein

Die große Liebe

Geburtsjahr und -ort: 1964 in Güstrow

Wohnhaft in: bei Hamburg / Bargteheide

Beruf / Tätigkeit: Betriebswirtin, freie Autorin

Seit 2004 arbeitet sie als freie Autorin in den Bereichen Belletristik und Kinderbuch. Außerdem veröffentlichte sie Beiträge in Anthologien der Verlage Beltz & Gelberg, Esslinger u. a.
2013 wir ihr erstes Kinderbuch erscheinen.

H. G. Beerbacher

Alarm in Sektion QW3.1

Geburtsjahr und -ort: 1970 in Südhessen

Wohnhaft in: Berlin

Beruf / Tätigkeit: Studium der Philosophie und Informatik. Promotion zum Dr. phil. Seit 2005 im höheren Verwaltungsdienst des Bundes.

Arbeitet überwiegend an sachphilosophischen Texten und Prosastücken zu philosophischen Fragestellungen.

Die Autoren

Sabrina Blume

Mücke und der Möhrendieb

Geburtsdatum und -ort: 13.07.1984 in Siegen

Wohnhaft in: Netphen und Neuss

Beruf/Tätigkeit: Dipl.-Sozialpädagogin

Sabrina Blume verfasst seit ihrer Jugend Gedichte und Kurzgeschichten. Aus Liebe zum Schreiben hat sie 2011 das Studium der Germanistik und Anglistik aufgenommen.

Robert Blunder

Genesis – eine Erfindung der Welt

Geburtsdatum und -ort: 05.06.1957 in Kufstein

Wohnhaft in: Kufstein (Österreich) und München

Beruf/Tätigkeit: Schriftsteller und Hochschullehrer (Professor für Betriebswirtschaftslehre an der FOM München). Robert Blunder leitet Schreibseminare zu den Themen „Kreatives Schreiben", „Literarisches Schreiben" und „Professionelles Schreiben".

Literarische Veröffentlichungen u. a.: „Falken des Friedens", Roman, Hamon Verlag, 2000; Beitrag „Die Schwarze Onyx" in: Die Uhr läuft ab. Fischer Verlag, Frankfurt 2009; „Das Geschenk vom Christkind" in: Winter in Liechtenstein, Van Eck Verlag 2004.

Robert Blunder gewann außerdem zahlreiche Preise und Auszeichnungen.

Magdalena Böttger
Elinge für Großposemuckel

Geburtsdatum und -ort: 1981 in Berlin

Beruf / Tätigkeit: : Produkt- und Projektmanagerin

Literarische Aktivitäten: keine weiteren Veröffentlichungen

Ulrich Borchers
Fifty-fifty

Geburtsdatum und -ort: 05.05.1961 in Flensburg

Wohnhaft in: Flensburg

Beruf / Tätigkeit: Verwaltungsbeamter

Schreibt seit 2009 Kurzgeschichten (u. a. 2. Preis bei einem Kurzgeschichtenwettbewerb) und beteiligt sich an Schreibwettbewerben. Weitere Geschichten wurden in Anthologien veröffentlicht.

Jesta Dehns
Mantis Global Ento-Farm

Geburtsjahr und -ort: 1968 in Hamburg

Wohnhaft in: Bremen

Beruf / Tätigkeit: Apothekerin

Sie schreibt seit ihrer Schulzeit und hat bislang Sachtexte veröffentlicht.
Studiert zurzeit Kunstgeschichte.

Die Autoren

Tanja Domeyer
2084

Geburtsdatum und -ort: 30.09.1991 in Flensburg

Wohnhaft in: Flensburg

Beruf/Tätigkeit: zukünftige Studentin

Weitere Veröffentlichungen: keine

Birgit Ebbert
Musical Farm

Geburtsdatum und -ort: 23.10.1962 in Borken/Westfalen

Wohnhaft in: Hagen/Westfalen

Beruf/Tätigkeit: Dipl.-Pädagogin, Promotion über Erich Kästner

Im Jahr 2008 veröffentlichte sie ihre ersten Kindergeschichten im Lingen Verlag. 2010 erschien ihr Ratgeber „100 Dinge, die ein Vorschulkind können sollte" im Gräfe und Unzer Verlag. Erste Kurzkrimis sind seit 2011 als E-Books erhältlich.

Adele Gerdes
Hunger

Geburtsdatum und -ort: keine Angaben

Wohnhaft in: Bielefeld

Beruf / Tätigkeit: Freie Lektorin / Autorin;
Doktorandin der Philosophie Universität Bielefeld

Als Autorin und Wissenschaftlerin veröffentlichte sie u. a. zahlreiche Texte und Beiträge zur kognitiven Sprachwissenschaft, zu Spracherwerbs-, Lern- und Entwicklungstheorien, zur Wissenschaftsgeschichte, Wissenschaftsphilosophie und Wissenschaftstheorie sowie im Bereich der Medienpsychologie.

Gabriele-Maria Gerlach
Saat 4.0

Geburtsjahr und -ort: 1971 in Dresden

Wohnhaft in: Berlin

Beruf / Tätigkeit: nach kaufmännischer Ausbildung Studium der Geografie, Soziologie und der Agrarwissenschaften. Als Projektleiterin tätig im Qualitätsmanagement einer internationalen Gesellschaft für Ingenieurleistungen.

Arbeitet als freie Journalistin und schreibt zurzeit ihre Abschlussarbeit an der Freien Journalistenschule Berlin. Die vorliegende Kurzgeschichte ist ihre erste Veröffentlichung.

Die Autoren

Anja F. Heim
Zurück zum Tier

Geburtsjahr und -ort: 1987 in Bayreuth

Wohnhaft in: Erlangen

Beruf / Tätigkeit: Studentin der Klassischen Philologie, der Germanistik und der Evangelischen Theologie auf Lehramt; Freie Journalistin seit 2004.

Sie verfasst seit mehreren Jahren Kurzgeschichten.

Barbara Iland-Olschewski
Abionas Farm

Geburtsjahr und -ort: 1968 in Koblenz

Wohnhaft in: München

Beruf / Tätigkeit: Regisseurin, Redakteurin, Autorin

Sie schreibt Fernsehdrehbücher, Kurzgeschichten, Lieder und Kindertheaterstücke. Veröffentlicht wurden u. a. zwei Kurzgeschichten im „Kreisel: Das Badewannenwunder und andere Geschichten und Gedichte für Kinder“, Dreieck Verlag Langenau.

Margret Küllmar

Der Mond ist aufgegangen

Geburtsjahr und -ort: 1950 in Böhne / Nordhessen

Wohnhaft in: Fritzlar / Hessen

Beruf / Tätigkeit: Pensionierte Lehrerin (Berufsschule)

Schreibt seit einigen Jahren Kurzgeschichten und Gedichte. Dabei liegen ihr Themen wie der Strukturwandel im ländlichen Raum und die Zukunft der Landwirtschaft besonders am Herzen.

Birgit Otten

Der Duft der Rose

Geburtsjahr: 1964

Wohnhaft in: Herne

Beruf / Tätigkeit: Kommunalbeamtin

Veröffentlichte in loser Folge von 1984 bis 2003 einige Kurzgeschichten, Fantasy, Kinder- und Jugendliteratur. Für ihre literarischen Aktivitäten erhielt sie bereits einige Auszeichnungen. Ein literarischer Neustart erfolgte im Sommer 2011.

Klaus Paffrath

Algensteak – flüssig oder fest?

Geburtsdatum und -ort: 02.03.1961 in Wipperfürth / Oberbergischer Kreis, NRW

Beruf / Tätigkeit: Verwaltungsjurist, Autor, Illustrator

Veröffentlichte zahlreiche fachwissenschaftliche Beiträge als Forschungsreferent an der Deutschen Hochschule für Verwaltungswissenschaften in Speyer. Außerdem Autor von Kurzgeschichten, Romanen und Kurzkrimis.

Die Autoren

Christian Simon

Begegnung im Offlinebetrieb

Geburtsjahr und -ort: 1982 in Linz/Donau

Wohnhaft in: Niederösterreich

Beruf/Tätigkeit: Jurist

Bisher keine weiteren Veröffentlichungen

Anne Stoll

Schweine auf der Überholspur

Geburtsdatum und -ort: 20.08.1969 in Duisburg

Wohnhaft in: Niederkrüchten

Beruf/Tätigkeit: Online-Redakteurin

Sie schreibt, seit sie „einen Stift halten" kann. Bisher keine weiteren Veröffentlichungen.

Björn Werner

Doppelpluszart

Geburtsjahr und -ort: 1977 in Memmingen

Wohnhaft in: Leutkirch / Allgäu

Beruf / Tätigkeit: Technischer Angestellter; Autor von Lyrik und Prosa

Aktuelle literarische Aktivitäten: Ausgezeichnet wurde seine Kurzgeschichte „Heimkehr“ beim Literaturwettbewerb Isny 2009. Im darauffolgenden Jahr gewann er Preise beim Jokers Lyrikwettbewerb und beim Frederic Brown Award.

Eva Wodarz-Eichner

Die Sache mit dem Wein

Geburtsdatum und -ort: 31.07.1971 in Wiesbaden

Wohnhaft in: Wiesbaden

Beruf / Tätigkeit: Dr. phil (Germanistik), Journalistin, Buchautorin, Schwerpunkt: „Kulturhistorische Themen“.

Zu ihren aktuellen Buchveröffentlichungen gehören der Karriereratgeber „Die Schiller-Strategie“ sowie die Sammelbiografie „Die großen Wiesbadener“. Für ihre Schiller-Erzählung „Freiheit, schöner Götterfunken“ wurde sie mit dem renommierten „Quo Vadis“-Literaturpreis des Autorenkreises Historischer Roman ausgezeichnet.

LV·Buch
im Landwirtschaftsverlag GmbH, 48084 Münster

Initiiert durch information.medien.agrar e.V., Bonn

Lektorat:	Sabine Deing-Westphal, Rhede
Titelgestaltung:	Monika Wagenhäuser, LV·Buch
Technische Umsetzung:	KreaTec – Grafik, Konzeption und Datenmanagement im Landwirtschaftsverlag GmbH, Münster
Druck:	B.O.S.S Druck und Medien GmbH, Goch

ISBN 978-3-7843-5201-5